KB050354

기이하고 기묘한 이야기

두 번째

기이하고 기묘한 이야기

두 번째

오스카 와일드 외 지음
정진영 옮김

책세상

차례

첫 번째 기묘

캔터빌의 유령

The Canterville Ghost by Oscar Wilde

I. 물질주의적 로맨스

미국인 목사 히람 B. 오티스가 캔터빌 체이스를 구입했을 때, 모든 사람들은 유령이 출몰하는 집을 구입한 것은 아주 바보 같은 짓이라고 말했다. 누구보다 명예를 소중히 여기는 캔터빌의 영주조차 계약 과정에서 그 사실을 밝혀야 한다는 의무감을 느꼈다.

"우리 가족이야 여기서 그리 신경 쓰지 않고 살아왔소." 캔터빌의 영주는 말했다. "볼턴 출신의 기품 있는 미망인이셨던 종조모님이 어느 날 식사를 위해 옷을 갈아입으시다가 뼈다귀 손이 당신의 어깨를 만지는 데 놀라 그만 혼절하신 뒤 돌아가시고 말았소. 그 뒤로 우리는 줄곧 그렇게 살았다오. 이걸 꼭 알려드려야 할 것 같군요, 오티스 씨. 그러니까 우리 가족뿐 아니라, 나와는

케임브리지 킹스 칼리지 동문이자 교구 목사인 오거스터스 댐피어 씨도 그 유령을 직접 눈으로 봤어요. 종조모님의 불운한 사고 이후 젊은 하인들은 모두 이곳을 떠났고, 캔터빌의 안주인도 복도와 서재에서 들려오는 이상한 소리에 밤잠을 설치곤 했소."

"영주님," 목사는 말했다. "제값을 쳐서 가구와 유령까지 인수하겠습니다. 저는 돈이면 뭐든지 할 수 있는 신세계에서 온 사람입니다. 그곳의 활달한 우리 젊은이들은 구세계를 붉은색으로 칠해놓고, 여러분이 자랑하는 최고 여배우와 프리마돈나를 우습게 알지요. 만약 유럽에 유령 같은 것이 있다면, 저희는 공공 박물관 아니면 거리 공연장에나 있는 볼거리를 집 안에 갖게 되는 셈입니다."

"저는 그 유령이 있는 것 같아 걱정이오." 캔터빌 영주는 웃으며 말했다. "유령이 귀하의 흥행 사업을 시작부터 방해할 테니 말이오. 그 유령은 1584년부터 삼백 년 동안이나 유명세를 떨쳤소. 그리고 우리 가문에서 누군가가 죽기 전에 반드시 모습을 드러내곤 했지요."

"흠, 인수 품목에 가족 주치의도 포함해야겠습니다, 캔터빌 영주님. 그러나 귀신 따위는 없습니다. 자연 법칙이 영국 귀족 사회에만 달리 적용될 리는 없을 겁니다."

"선생은 미국에서는 지극히 평범한 분이었겠지요." 오티스 씨의 마지막 말을 제대로 이해하지 못한 캔터빌 영주가 말했다. "집에 유령이 있어도 군이 마음을 쓰지 않겠다면, 그걸로 됐소. 다만 내가 귀하에게 경고를 한 점은 기억해주시오."

몇 주 후 주택 매매 건은 마무리되었고 그 계절이 끝나갈 즈음, 목사와 그 가족이 캔터빌 체이스에 정착했다. 한때 웨스트 오십삼 번 가에서 루크레시아 R. 탭펀 양이라 불리며 뉴욕의 미인으로 통했던 오티스 부인은 이제 아름다운 눈과 화사한 자태를 지닌 매우 아름다운 중년 여성이 되어 있었다. 많은 미국인 주부들이 고국을 떠날 때 유럽화의 통과의례처럼 건강이 나빠지곤 했지만, 오티스 부인은 결코 그런 우를 범하지 않았다. 그녀는 타고난 건강 체질에다 놀라울 정도로 동물적인 활력이 넘쳤다. 실제로 여러 가지 점에서 그녀는 지극히 영국적이고 영어를 사용한다는 것 말고는 요즘 미국인을 대변하는 전형적인 본보기였다. 일시적인 애국심에 경도된 부모님에 이끌려 세례를 받은 뒤 언제나 그것을 후회해온 장남 워싱턴은 세 학기 내리 뉴포트 카지노를 전전하면서 독일인을 압도함으로써 미국인임을 몸소 보여주었고, 심지어 런던에서조차 탁월한 춤꾼으로 유명했다. 치자나무와 작위가 그의 유일한 약점이었고, 그 외에는 아주 똑똑한 편이었다. 열다섯 살의 차녀 버지니아 E. 오티스 양은 새끼 사슴처럼 상냥하고 사랑스러웠지만, 커다랗고 푸른 눈망울에 자유분방한 기질을 담고 있었다. 그녀는 대단한 여장부로, 한번은 공원을 두 바퀴 도는 경주에서 조랑말로 빌턴 경을 1.5마신 차이로 따돌리고 아킬레우스 동상을 통과함으로써 바로 그 자리에서 그녀에게 청혼한 젊은 체셔 공작이 그날 밤 자신의 후견인 에턴에게 돌아와 눈물을 펑펑 쏟게 만들었다. 버지니아 다음으로 쌍둥이가 있었는데, 늘 함께 몰려다니는 통에 '스타와 스트라이프(미국 성조기—옮긴이주)'로 불렸다. 집 안에서 유일한 진짜 공화주의자인 목사 앞에서가 아니라면 쌍둥이는 아주 쾌활한 아이들이었다.

캔터빌 체이스는 기차역에서 가장 가까운 애스컷 경마장에서 십이 킬로미터쯤 떨어져 있었기 때문에 오티스 씨는 전보로 미리 짐마차를 예약해두었고, 마차로 이동하는 동안 모두 흥에 겨워 있었다. 쾌청한 칠월 저녁, 소나무 숲의 향기가 은은하게 공기 중에 스며들고 있었다. 산비둘기는 달콤한 울음을 전해왔고, 살랑대는 양치류 덤불 깊숙한 곳에서는 공작의 윤기 나는 가슴이 엿보이기도 했다. 그들이 지나갈 때 너도밤나무 위에서 작은 다람쥐들이 훔쳐보았고, 토끼들은 하얀 꼬리를 내보이며 덤불 속으로 뛰어들었다가 이끼 낀 둔덕 너머로 줄행랑을 쳤다. 그러나 그들이 캔터빌 체이스의 가로수 길에 들어섰을 때, 갑자기 하늘에 구름이 잔뜩 끼면서 심상찮은 분위기의 묘한 정적이 흐르기 시작하더니 당까마귀 떼가 조용히 머리 위를 날아갔으며, 집에 도착하기도 전에 제법 굵은 빗방울이 떨어지기 시작했다.

말쑥한 검은 비단옷 차림에 흰색 모자와 앞치마를 한 나이 든 여자가 그들을 마중하러 계단에 서 있었다. 그녀는 엄니 부인으로, 오티스 부인이 전(前) 주인의 간곡한 부탁을 받고 집에 그대로 두기로 한 식솔이었다. 오티스 가족이 마차에서 내리자, 그녀는 허리를 약간 구부리고 기묘하고 예스러운 말투로 "캔터빌 체이스에 오신 것을 환영합니다"라고 말했다. 그녀를 따라 서재로 연결된 멋진 튜더풍의 홀로 들어섰는데, 길고 어둠침침한 복도는 검은색 참나무로 벽을 둘렀고, 그 끝에는 커다란 스테인드글라스 창이 있었다. 서재에 차가 준비되어 있었고, 엄니 부인이 시중을 드는 가운데 그들은 짐을 풀고 자리에 앉아 사방을 둘러보았다.

문득 오티스 부인은 난롯가 가까운 바닥에서 검붉은 얼룩을 발견하고 별 생각 없이 엄니 부인에게 물었다. "저기에 뭘 엎질렀나 보군요."

"예, 부인." 나이 든 가정부가 작은 소리로 대답했다. "피가 묻어 있어요."

"깜짝이야." 오티스 부인이 소리쳤다. "서재에 핏자국이 있다니 안 될 말이죠. 속히 닦아내야겠어요."

나이 든 여자는 미소를 머금고 여전히 조용하고 묘한 목소리로 대답했다. "저건 캔터빌의 엘리노어 부인의 피인데, 그분의 남편 캔터빌 사이먼 경이, 1757년 바로 저 자리에서 부인을 살해했지요. 사이먼 경은 아내를 죽인 뒤 구 년을 더 사시다가 묘연한 상황에서 홀연히 사라지셨어요. 시체는 발견되지 않았지만, 죄지은 영혼은 아직도 이 저택을 떠돈답니다. 무엇보다 피가 지워지지 않아서 관광객을 비롯한 많은 사람들이 저 피를 보고 감탄하곤 하지요."

"말도 안 돼요." 워싱턴 오티스가 소리쳤다. "핀커턴 챔피온 얼룩 제거제와 패러건 세제를 쓰면 곧바로 깨끗해질 거라고요." 겁에 질린 가정부가 말릴 틈도 없이 그는 쭈그리고 앉아 검은색 화장품처럼 생긴 작은 토막으로 바닥을 문지르기 시작했다. 금세 핏자국이 사라졌다.

"핀커턴으로 될 줄 알았다니까." 그는 감탄하는 가족들을 둘러보며 의기양양하게 말했다. 그러나 말을 끝내자마자 어둠침침한 방을 스치는 오싹한 섬광과 무시무시한 천둥소리에 그들은 벌떡 자리에서 일어섰고 엄니 부인은 정신을 잃고 말았다.

"날씨 한번 고약하군!" 미국인 목사는 궐련에 불을 붙이며 차분하게 말했다. "시골에는 사람들이 너무 많아서 모든 사람에게 좋은 날씨가 다 돌아가지 않을 거야. 그래서 영국이 살 길은 이민

밖에 없다고 내가 늘 말하잖아."

"여보," 오티스 부인이 소리쳤다. "기절한 가정부는 어쩌죠?"

"기절할 때 부서진 물건을 변상하라고 해." 목사는 대답했다. "다음부터는 기절하지 않을 거야." 잠시 후 엄니 부인은 정신을 차렸다. 그러나 극도로 불안한 상태에서 그녀는 곧 집안에 닥칠 시련을 조심하라고 오티스 씨에게 엄중히 경고했다.

"제 눈으로 직접 봤답니다." 그녀는 말했다. "기독교인이라면 모두 머리칼이 곤두설 정도고, 저 역시 숱한 밤을 이 저택에서 벌어진 일들 때문에 잠을 이루지 못했어요." 그러나 오티스 씨와 아내는, 정직한 영혼은 유령을 두려워하지 않는다고 그녀를 따뜻하게 위로했고, 새 주인과 안주인으로서 신의 은총을 빌어준 뒤 봉급을 올려주겠다고 약속했다. 나이 든 가정부는 비틀거리며 자신의 방으로 돌아갔다.

II

그날 밤 내내 폭풍우가 사납게 몰아쳤지만 특별한 일은 벌어지지 않았다. 그러나 다음 날, 아침을 먹으러 내려온 그들 가족은 바닥에서 또다시 오싹한 핏자국을 발견했다. "패러건 세제에 문제가 있는 것 같지는 않아요." 워싱턴이 말했다. "지금까지 실패한 적이 없거든요. 유령의 짓이 틀림없어요." 그는 다시 핏자국을 문질러 닦았지만, 이튿날 아침 그것은 또 나타났다. 간밤에는 오티스 씨가 직접 서재 문을 잠그고 열쇠를 가져갔지만 사흘째 되는 날 아침에도 핏자국은 발견되었다. 가족 전체의 비상한 관심이 쏠렸다. 오티스 씨는 자신이 너무 독단적으로 유령의 존재를 부인한 것이 아닌가 하는 생각이 들기 시작했다. 오티스 부인은 심리학 학회에 가입할 의사를 밝혔고, 워싱턴은 범죄와 관련된 혈흔의 영속성에 대해 마이어 씨와 포드모어 씨에게 보낼 장문의 편지를 준비했다. 그리고 그날 밤 유령의 존재 여부를 둘러싼 모든 의혹은 완전히 사라졌다.

그날 낮은 포근하고 맑았다. 시원한 저녁 시간, 가족들은 모두 외출을 했다. 그들은 아홉 시에 돌아와 가볍게 저녁을 먹었다. 그들의 대화는 유령의 존재를 전혀 인정하지 않는 방향으로 흘러갔고 물리적 현상을 뛰어넘는 가능성에 대해서는 만약이라는 기본적인 가정조차 거론되지 않았다. 내가 오티스 씨에게 전해 듣기로는, 그날의 유령 얘기는 교양 있는 미국 상류층의 일상적인 대화에 지나지 않았다. 예를 들어 여배우로서 패니 대븐포트가 사라 베르나르보다 월등히 낫다는 둥, 가장 잘사는 집에서조차 덜 익은 옥수수와 메밀 케이크, 묽게 끓인 옥수수 수프를 구하기가 어렵다는 둥, 세계 정신의 발전 과정에서 보스턴이 차지하는 중요성, 기차 여행에서의 수하물 표의 이점, 런던의 말투는 늘어지는데 비해 뉴욕의 그것은 달콤하다는 얘기 따위였다. 초자연적인 화제나 캔터빌의 사이먼 경이 떠오를 만한 얘기는 일절 없었다. 그들은 열한 시 정각에 각자 잠자리에 들었고, 삼십 분쯤 지나 집 안의 불은 전부 꺼졌다. 얼마쯤 지났을까, 오티스 씨는 방 밖 복도에서 들려오는 이상한 소리에 잠을 깼다. 절거덕거리는 금속성의 소리가 시시각각 다가오는 것 같았다. 그는 곧 일어나서 성냥불을 켜고 몇 시인지 확인했다.

정확히 오전 한 시였다. 그는 매우 침착했고, 맥박은 조금의 동요도 없이 평소와 다름없었다. 이상한 소리는 계속되었고, 이번에는 발소리까지 또렷이 들려왔다. 그는 슬리퍼를 신고 옷장에서 타원형의 조그만 유리병을 꺼낸 뒤 방문을 열었다. 바로 눈앞, 희미한 달빛 속에서 소름 끼치는 몰골의 노인이 서 있었다. 타들어 가는 석탄처럼 눈이 시뻘겠다. 어깨에는 헝클어진 긴 백발의 머리칼, 지저분하게 찢겨진 구식 옷, 손목과 발목에서 녹슬어가는 육중한 수갑과 쇠고랑.

"선생," 오티스 씨가 말했다. "쇠에 기름을 꼭 치라고 권하고 싶군요. 그래서 제가 선생을 위해 태머니 라이징 선 윤활유를 작은 것으로 한 병 드렸으면 합니다. 한 번만 발라도 효과가 그만이라는데, 미국의 가장 저명한 사람들도 그 효과에 대해 몇 차례 입증한 일이 있어요. 여기 촛불 옆에다 놔둘 테니까 더 필요하시면 얼마든지 말씀하세요." 미국인 목사는 그렇게 말한 뒤 윤활유 병을 대리석 탁자에 올려놓고 잠을 자기 위해 방문을 닫았다.

잠시 동안 캔터빌의 유령은 당연한 분노 속에서 꼼짝도 않고 서 있었다. 이윽고 윤활유 병을 반들거리는 바닥에 내동댕이치고는 음산한 신음 소리와 초록빛을 내뿜으며 복도를 뛰어갔다. 그러나 그가 커다란 계단에 막 다다랐을 때, 문이 휙 열리더니 흰 옷을 입은 두 개의 조그만 형체가 나타났고, 그들이 집어던진 커다란 베개가 휙하고 그의 머리를 스치는 것이 아닌가! 꾸물거릴 시간이 없었으므로 그는 탈출용 사차원 공간법을 사용해 징두리 벽판 속으로 사라졌고 이내 저택은 아주 조용해졌다.

서쪽 익벽의 아담하고 은밀한 방에 도착한 뒤, 그는 달빛에 기대어 호흡을 가다듬으며 자신의 처지를 곰곰이 따져보기 시작했다. 한결같았던 삼백 년간의 눈부신 경력에서 그처럼 큰 모욕은 처음이었다. 거울 앞에서 레이스 장식과 다이아몬드를 비쳐보다 그에게 놀라 발작을 일으켰던 공작 미망인이 떠올랐다. 안 쓰는 방에서 커튼 사이로 히죽 웃었을 뿐인데, 히스테리 발작을 일으킨 네 명의 가정부, 밤늦게 서재에서 그가 촛불을 꺼버리자 정신병의 완벽한 희생양이 되어 남은 생 동안 윌리엄 걸 경에게 치료받아야 했던 교구 목사, 어느 날 아침 일찍 일기를 읽던 난롯가 안락의자 위에 해골이 놓여 있는 걸 보고 육주 동안 병상에 누웠다가 회복이 된 후에 악명 높은 회의주의자 볼테르 씨와의 관계를 청산하고 교회와 화해했던 트레무이라크 부인도 떠올랐다. 어느 끔찍한 밤에는 사악한 캔터빌 경이 옷장 속에서 다이아몬드 패가 목에 걸려 질식된 상태로 발견되었다. 그는 죽기 직전, 크락포드에서 그 카드로 사기를 쳐서 찰스 제임스 폭스에게 오만 파운드를 갈취했는데, 그 일 때문에 유령이 그것을 집어삼키게 했다는 말도 있다. 창문을 두드리는 녹색 손을 보고 권총으로 자살한 집사, 목에 난 다섯 개의 손가락 자국을 가리기 위해 늘 검은색 벨벳을 걸쳐야 했지만 결국에는 킹스 워크 끝에 있는 잉어 연못에 몸을 던진 아름다운 스텃필드 부인에 이르기까지 그가 지금까지 성취한 위대한 업적들이 새록새록 떠올랐다. 진정한 예술가의 열정적인 자부심으로 이룩한 무엇보다 찬란한 업적들에 이어 '목 졸린 아기, 레드 루번'의 마지막 공연과 데뷔작 '베슬리 무어의 흡혈귀, 갠트 기번', 테니스장에 자신의 뼈를 세워놓고 볼링을 했던 어느 화창한 유월 저녁의 감격을 떠올릴 때는 씁쓸한 미소를 머금었다. 그런데 감히 돼먹지 못한 신식 미국인들이 들어와서 그에게 라이징 선 윤활유를 권하고 머리를 향해 베개를 던지다니! 도저히 참을 수 없었다. 유사 이래 유령이 그런 대우를 받은 예가 없었다. 그는 복수를 결심하고 한낮까지 생각에 골몰했다.

III

다음 날 아침, 식탁에 모인 오티스 가족은 꽤 오랜 시간 유령에 대해 의논했다. 당연히 미국인 목사는 자신의 선물이 거부당한 것에 약간 마음이 상해 있었다. "별 뜻은 없었는데 말이야." 그는 말했다. "유령에게 모욕을 줄 생각은 조금도 없었다고. 그리고 솔직히 말해서, 유령이 이 집에서 지내온 시간을 생각하면 베개를 던지는 건 예의에 크게 어긋나는 일이지." 그 말을 하는 순간, 유감스럽게도 쌍둥이는 저도 모르게 웃음을 터뜨리고 말았다. "또 한편으로는 말이지." 오티스 씨는 계속 말했다. "만약 유령이 진심으로 라이징 선 윤활유를 사용할 생각이 없다면, 우리가 그 쇠사슬을 벗겨야 해. 방 밖에서 계속 그런 소리가 나면 잠을 잘 수 없으니까."

그러나 그 주의 나머지 기간 동안, 서재 바닥에 핏자국이 계속 생긴다는 점 외에 시선을 끌거나 마음을 어지럽힐 만한 일은 벌어지지 않았다. 오티스 씨가 밤마다 문을 잠그고 창문을 꽉 닫아 놓는데도 핏자국이 계속 생기는 것은 정말이지 이상한 일이었다. 또한 카멜레온 같은 피의 색깔을 놓고도 의견이 분분했다. 며칠 동안은 (인디언처럼) 불그스름한 색이었다가 주홍색이나 짙은 자주색으로 바뀌더니 언젠가 미국 감리교의 간단한 절차에 따라 가족 기도를 하러 내려왔을 때는 밝은 초록색으로 바뀌어 있었다. 가족 중에서 오직 버지니아만 농담을 하지 않았는데, 까닭 모를 이유로 핏자국을 볼 때마다 괴로워했고 핏빛이 밝은 초록빛으로 바뀐 날 아침에는 거의 울상이 되었다.

유령이 두 번째로 모습을 드러낸 것은 일요일 밤이었다. 잠자리에 든 직후 갑자기 홀에서 굉음이 들려와 모두들 긴장했다. 아래층으로 달려가 보니, 커다란 갑옷이 원래 있던 곳에서 돌 바닥으로 떨어져 있었고, 등받이가 높은 의자 위에서는 캔터빌의 유령이 매우 고통스러운 표정으로 무릎을 어루만지며 앉아 있었다. 장난감 콩알총을 들고 나온 쌍둥이는 유령을 향해 동시에 두 발을 쏘았는데, 가정교사를 상대로 오랫동안 갈고 닦지 않았다면 불가능했을 정확도를 선보였다. 한편 연발 권총으로 무장하고 나온 미국인 목사는 예의바른 캘리포니아인답게 유령을 부르며 손까지 들어 인사를 건네는 것이었다! 격분한 유령은 사납게 비명을 지르며 자리를 박차고 일어나서 안개처럼 그들 사이를 휩쓸고 지나갔다. 이때 워싱턴 오티스가 들고 있던 촛불이 꺼져 그들은 칠흑 같은 어둠 속에 남겨졌다.

계단을 다 올라간 유령은 정신을 수습하고, 그 유명한 악마의 너털웃음을 선사하기로 마음먹었다. 그 기막힌 효과는 이미 여러 번 입증된 바 있었다. 하룻밤 만에 레이커 경의 머리칼이 하얗게 변했고, 캔터빌에 들어온 세 명의 프랑스인 가정교사가 한 달도 안 돼 쫓겨간 전설의 웃음소리였다. 그래서 그는 오래된 둥근 천장이 쩌렁쩌렁 울릴 때까지 나름대로 가장 끔찍한 웃음을 터뜨렸지만, 오싹한 메아리가 채 가시기도 전에 문이 열리더니 푸르스름한 잠옷 차림의 오티스 부인이 나타났다. "몸이 무척 안 좋으신 것 같아요." 그녀는 말했다. "그래서 닥터 두벨 팅크 한 병을 준비했거든요. 소화불량 때문이라면 효과 만점일 거예요." 유령은 화가 나서 그녀를 노려보았고, 곧장 커다란 검은 개로 변신할 준비에 돌입했다. 그 또한 잘 알려진 기술의 하나로, 가족 주치의가 캔터빌 영주의 삼촌 토머스 호턴 경을 회복 불능의 백치 상태로 진단한 것도 그 때문이었다. 그러나 다가오는 발소리에 초조해진 그는 변신을 제대로 준비하지 못한 채 그저 희미한 인광으로 변해 묘지의 음산한 투덜거림과 함께 사라지는 데 만족해야 했는데, 바로 그때 쌍둥이가 그에게 다가오고 있었다.

그는 자신의 방으로 돌아와 좌절감과 격렬한 동요에 휩싸였다. 쌍둥이의 무례와 오티스 부인의 천한 속물 근성에 당연히 화가 났지만 무엇보다 그를 절망시킨 것은 갑옷을 입지 못했다는 사실이었다. 제아무리 신식 미국인이라고 해도 갑옷 입은 유령을 보면 겁에 질릴 거라고 기대했기 때문이다. 그럴듯한 이유가 있어서라기보다 저들도 자국의 국민 시인 롱펠로에 대해 최소한의 존경심은 갖고 있을 거라고 여겼기 때문인데, 유령 또한 캔터빌 저택이 생긴 이후 따분할 때면 그 시인의 우아하고 매혹적인 시에 빠져들곤 했었다. 게다가 그가 떨어뜨린 갑옷은 전에 그가 입던 것이었다. 케닐워스 마상 시합에서 입었고, 엘리자베스 1세마저 친히 찬사를 보내기도 했던 갑옷이었다. 그러나 방금 전 갑옷을 입었을 때, 그는 거대한 가슴받이와 강철 투구의 무게에 짓눌려 그만 돌바닥에 무릎을 찧고 오른손에 멍까지 들고 말았다. 며칠이 지나자 몸에 탈이 나서 핏자국을 새로 갈아놓는 것 외에는 방 안에서 꼼짝하기도 힘겨웠다. 그는 팔월 십칠일 금요일에 모습을 드러내기로 결정하고, 그날 하루 종일 의상을 고르느라 고민했다. 결국은 붉은 깃털이 달린 커다란 모자와 손목과 목에 주름 장식이 있는 수의, 그리고 녹슨 단검을 골랐다. 밤이 가까워오자 거센 폭풍우가 몰아쳤고, 사납게 불어오는 바람에 낡은 저택의 창문과 문이 모조리 흔들리고 삐거덕거렸다. 그가 딱 좋아하는 날씨였다. 행동 계획은 이랬다. 소리 없이 워싱턴 오티스의 방으로 찾아가 침대맡에서 두서없이 지껄인 뒤에 느린 음악에 맞춰 자신의 목구멍에 세 차례 단검을 꽂는 것이었다. 그는 펀커턴 패러건 세제로 그 유명한 캔터빌의 핏자국을 지우곤 하는 워싱턴이 유난히 마음에 들지 않았다. 앞뒤 생각 없는 무모한 애송이를 저급한 공포 상태로 몰아넣은 다음에는 미국인 목사 부부의 침실을 점령하고 끈적끈적한 손을 오티스 부인의 이마에 올려놓는 동시에 불안에 떠는 남편의 귀에 대고 납골당의 비밀을 소곤거릴 계획이었다. 버지니아에 대해서는 딱히 생각한 것이 없었다. 어쨌든 버지니아는 한 번도 그에게 무례하게 군 적이 없을 뿐 아니라 예쁘고 상냥한 소녀였기 때문이다. 옷장에서 공허한 신음 소리를 내는 것으로 충분하겠다 싶은 정도이고, 혹시 그래도 버지니아가 깨어나지 않을 때는 덜덜거리는 손가락으로 창문을 더듬어도 괜찮을 것 같았다. 쌍둥이에 대해서는 단단히 교육을 시킬 생각이었다. 제일 먼저 할 일은 당연히 녀석들의 가슴팍에 앉아 가위에 눌리는 효과를 내는 것이었다. 그리고 싸늘하게 얼어붙은 초록빛 시체의 모습을 하고, 아이들이 겁에 질려 굳어버릴 때까지 가까이 놓여 있는 쌍둥이의 침대 사이에 서 있다가 마지막에 수의를 벗어던짐으로써 희디흰 뼈와 희번덕거리는 한쪽 눈알을 드러낸 '자살자의 해골, 벙어리 대니얼' 캐릭터로 방안을 기어 다닐 계획이었다. 그 캐릭터는 여러 번 대단한 효과를 냈으며, 또 하나의 유명한 캐릭터 '가면의 미스터리, 미치광이 마틴'과 비교해도 손색이 없다고 그는 자평해왔다.

열 시 삼십 분, 오티스 가족이 잠자리에 드는 소리가 들려왔다. 한동안 쌍둥이 방에서 들려오는 자지러지는 웃음소리에 그는 마음이 착잡했는데, 잠들기 전에 어린 남학생다운 천진난만함으로 저희들끼리 시시덕거리는 것이 분명했다. 그러나 열한 시 십오 분이 되자 모두 조용해졌고, 한밤의 소리와 함께 그는 마침내 습격에 나섰다. 올빼미는 창틀을 두드리고 까마귀는 늙은 주목 위에서 우는 가운데 바람은 망령처럼 저택 주위를 배회하고 있었다. 그러나 오티스 가족은 다가올 운명은 까맣게 모르고 잠에 취해 있었다. 거센 폭풍우 너머 미국인 목사가 곤히 코고는 소리가 들려왔다. 유령은 냉혹하게 일그러진 입술에 사악한 미소를 머금고 징두리 벽판에서 슬며시 빠져나왔다. 벽에서 나온 커다란 퇴창, 자신과 살해된 아내의 문장(紋章)이 담청색과 황금빛으로 새겨져 있는 그곳을 지나갈 때는 달빛도 그의 얼굴을 구름 속에 숨겨주었다. 사악한 그림자처럼 계속 미끄러져 나아가는 동안, 짙은 어둠도 그를 질색하며 피하는 것 같았다. 무슨 소리가 들려오자 그는 멈춰 섰다. 그러나 단지 레드 농장의 개가 짖는 소리라는 것을 알아채고는 십육세기의 기이한 욕설을 중얼거리는 한편 이따금씩 한밤의 허공을 향해 녹슨 단검을 휘두르며 계속 걸어갔다. 마침내 불운한 워싱턴의 방으로 연결된 복도 모퉁이에 다다랐다. 그가 잠시 그곳에 멈추어 선 동안, 바람이 긴 잿빛의 머리채를 흔들더니 기괴하면서도 멋들어지게 주름이 잡힌 수의 옷자락을 파고들어 끔찍한 공포를 수놓았다. 시계가 십오 분이 더 지났음을 알리자, 그는 때가 됐다고 생각했다. 그는 낄낄거리며 모퉁이를 돌았다. 그러나 곧바로 가련한 공포의 비명을 지르며 뒷걸음질치면서 기다란 두 손으로 창백한 얼굴을 가렸다. 바로 눈앞에 버티고 있는 무시무시한 유령, 조각상처럼 꼼짝도 않고 광인의 꿈처럼 흉포한 그것! 그것의 대머리가 반들반들 빛나고 있었다. 둥그스름한 얼굴은 포동포동하고 희었다. 오싹한 웃음은 영원히 사라지지 않을 히죽거림처럼 일그러져 있었다. 눈동자에서 진홍색 광선이 흘러나왔고, 입은 커다란 불의 우물 같았으며, 맞춰 입은 듯 소름끼치는 의상은 티탄의 침묵으로 휘감겨 있었다. 가슴에는 고대 문자로 쓰여진 기묘한 플래카드가 붙어 있는데, 치욕의 명부 같기도 하고 잔인한 범죄 기록 혹은 무서운 범죄 일정표 같기도 했으며, 오른쪽 손으로는 번뜩이는 강철 언월도를 높이 치켜든 모습이었다.

그런 유령은 처음 보았으므로 잔뜩 겁에 질린 그는 끔찍한 환영을 한 번 더 힐끔거린 뒤 복도 바닥에 수의를 끌며 서둘러 도망치다가 녹슨 단검을 목사의 장화 속에 떨어뜨렸다. 아침에 그것을 발견한 이는 저택의 집사였다. 일단 자신의 방으로 숨어든 후에 그는 작고 초라한 침대에 몸을 던지고는 옷에 얼굴을 파묻어버렸다. 그러나 시간이 좀 지나자, 노익장의 용감한 캔터빌 유령은 마음을 다잡고 날이 밝기 전에 그 유령과 대화를 나눠보리라 결심했다. 다가오는 여명에 언덕이 은색으로 물들 즈음, 그는 오싹한 유령을 처음 목격한 곳으로 향하면서 유령도 하나보다는 둘이 낫다고, 새 친구의 도움을 받는다면 확실하게 쌍둥이를 혼내줄 수 있을 거라고 생각했다. 그러나 그곳에 도착하자, 섬뜩한 광경이 그를 기다리고 있었다. 그 유령에게 필시 무슨 일이 벌어진 모양으로, 움푹한 눈에서 방사되던 빛은 완전히 사라지고 번뜩이는 언월도를 손에서 떨어뜨린 채 한쪽 벽에 부자연스럽고 불편한 자세로 기대어 있었다. 그가 급히 달려가 유령의 팔뚝을 붙잡는 순간, 소름 끼치게도 머리가 툭 잘려져 바닥에 뒹굴었고 몸뚱이는 흐느적거렸다. 이윽고 그는 자신의 손에 움켜쥔 것이 흰색 무명 침대 커튼과 빗자루이며, 바닥에 떨어져 있는 것은 부엌에서 쓰는 큰 칼과 속이 빈 순무라는 걸 깨달았다! 그 기상천외한 변신을 도저히 납득할 수 없었던 그는 다급히 플래카드를 집어 들고 잿빛의 새벽 햇살 속에서 그 섬뜩한 문구를 읽어 내렸다.

오티스의 유령아,

너 혼자만 진짜 유령.

가짜를 조심해라.

다른 건 다 가짜다.

모든 것이 분명해졌다. 그는 속임수와 책략에 걸리고 잔꾀에 넘어간 것이었다! 늙은 캔터빌 유령은 자신의 눈을 들여다보며, 이 없는 잇몸을 바닥에 내려놓았다. 그리고 메마른 두 손을 머리 위로 치켜들고 옛 학교의 아름다운 표현을 빌려 맹세했다. 수탉이 즐거이 두 번 울 때 피의 보복이 행해지고 살인이 침묵의 발로 구석구석 만연하리라고.

그가 저주의 맹세를 채 끝내기도 전에, 멀리 어느 농가의 붉은 지붕에서 수탉이 한 번 울었다. 그는 오랫동안 웃음을 머금고 기다렸다. 한 시간, 두 시간을 기다렸지만 그의 웃음 때문인지 아니면 딱히 다른 이유가 있는지, 수탉은 다시 울지 않았다. 이윽고 일곱 시 삼십 분, 하녀들이 도착하자 그는 고뇌의 기다림을 포기하고 슬그머니 자신의 방으로 돌아와 헛된 희망과 좌절된 목적을 생각했다. 그가 즐겨 읽는 고대 기사도에 관한 책들이 몇 권 있었다. 그가 몹시 좋아하는 책으로 맹세를 할 때마다 들여다보았는데, 거기에서는 수탉이 언제나 두 번 울었다. "버릇없는 수탉이 영원히 잠들었구나." 그는 중얼거렸다. "내가 한창때였다면, 단단한 창을 들고 녀석에게 달려가 목구멍을 찌르고 나를 위해 울게 만들었겠지. "죽음 속에서도!" 그는 편안한 납관에 몸을 누이고 저녁까지 휴식을 취했다.

IV

그날 낮, 유령은 몹시 지치고 피곤했다. 지난 사 주간 지속되어온 끔찍한 흥분의 여파가 드디어 영향을 미치기 시작한 것이다. 심각한 신경 쇠약으로 그는 작은 소리에도 깜짝 놀랐다. 그는 닷새 동안 방에 틀어박혀 있었고, 결국은 서재 바닥의 핏자국도 포기하기로 결심했다. 오티스 가족은 자신들이 원치 않는다면 분명 핏자국에 신경을 쓸 리가 없었다. 그들은 물질주의에 경도된 저급한 사람들이며, 심미적인 현상의 상징적 가치를 제대로 평가할 능력이 아예 없어보였다. 유령에 대한 탐구, 영체의 발전은 당연히 별개의 문제였고, 그가 마음대로 할 수 있는 것도 아니었다. 일주일에 한 번 복도에 모습을 드러내고, 매달 첫째 주와 셋째 주 수요일에 커다란 퇴창에서 의미 없는 말을 지껄이는 일은 그에게 엄숙한 의무였다. 그 의무에서 명예롭게 벗어날 수 있는 방법은 도저히 알 길이 없었다. 그의 삶이 매우 사악하다는 것은 분명한 진실이지만, 다른 한편으로는 초자연적인 것과 관련한 모든 것에 누구보다 양심적이었다고 할 만했다. 그래서 그 후로 세 번의 토요일마다 평소처럼 자정에서 새벽 세 시 사이에 복도를 오가며 자신의 모습이나 소리를 들키지 않으려고 온갖 주의를 다했다. 그는 장화를 벗어버리고 벌레 먹은 낡은 판자 위를 가능한 소리 나지 않게 걸었으며, 커다란 검은색 망토를 걸치고 사슬에는 라이징 선 윤활유를 꼼꼼히 발랐다. 나는 이쯤에서 그가 어렵사리 마지막 자구책을 선택하기까지 얼마나 고민이 많았을지 인정해야겠다. 어느 날 밤, 오티스 가족이 식사를 하는 동안, 그는 오티스 씨의 침실로 들어가 그 윤활유 병을 가져왔다. 처음에는 약간 수치를 느꼈지만 나중에는 그것이 대단한 발명품이라는 말이 일리가 있음을 확인할 수 있었다. 게다가 그의 방책에도 퍽 유용했다. 그럼에도 불구하고 그는 여전히 곤란을 겪었다. 그가 어둠을 틈타 오가는 복도에는 끊임없이 계략이 도사리고 있었다. 한번은 '호글리 숲의 사냥꾼, 블랙 아이작' 차림으로 복도를 걷다가 버터를 밟고 벌러덩 넘어지고 말았다. 쌍둥이가 태피스트리 방문에서 참나무 계단 위까지 버터를 발라놓았던 것이다. 그 마지막 모욕에 크게 격분한 나머지 그는 위엄을 되찾기로 결심하고 또 하나의 유명한 캐릭터 '머리 없는 백작, 막가는 루퍼트'로 변신, 다음 날 밤 무례한 이튼 학교 꼬맹이들을 방문하기로 결심했다.

그 변장을 안 한 지 칠십 년이 넘었다. 도회적이고 아름다운 바버라 부인을 너무 겁주었기 때문이 아니라, 그 때문에 그녀가 약혼자였던 현(現) 캔터빌 영주의 조부와 파혼하고 잘생긴 잭 캐슬턴과 함께 그레트너 그린(Gretna Green, 스코틀랜드의 잉글랜드와의 경계에 있는 마을로, 1856년까지 잉글랜드에서 도피한 연인들의 결혼지로 유명했음—옮긴이주)으로 떠나면서, 땅거미가 질 때 끔찍한 유령이 테라스를 오가도록 방치하는 가문과는 절대 결혼할 수 없다고 주장했기 때문이다. 불쌍한 잭은 나중에 웬드스워스 커먼에서 캔터빌 영주와 결투를 벌이다 총에 맞아 죽었고, 실의에 빠진 바버라 부인은 그 해가 다 가기 전, 턴브리지 웰스에서 역시 목숨을 잃었으므로, 모든 면에서 '머리 없는 백작, 막가는 루퍼트'는 큰 성공을 거둔 셈이었다. 만약 가장 위대한 초자연적인 미스터리—혹은 보다 과학적인 용어를 사용하면 '고원한 자연계'—와 관련된 그처럼 극적인 표현 장치를 사용한다면, '분장'이 극히 어려워서 준비하는 데 꼬박 세 시간이 걸린다고 설명할 수 있겠다. 마침내 만반의 준비를 끝냈을 때 그는 자신의 모습에 매우 흡족했다. 커다란 가죽 승마화가 약간 크고 두 개의 마상 단총 중에서 한 개밖에 찾아내지 못했지만, 그는 전반적으로 매우 만족한 채 한 시 십오 분에 징두리 벽판을 빠져나와 살금살금 복도로 향했다. 벽지 때문에 파란 침실로 이름 붙인 쌍둥이 방에 도착했을 때, 방문이 약간 열려 있었다. 좀더 그럴싸하게 들어가고 싶어서 그는 문을 획 열어 젖혔지만 그 순간 무거운 물주전자가 그에게 곧장 떨어져 온몸을 흠뻑 적셨다. 주전자는 왼쪽 어깨를 고작 몇 센티미터 빗나갔다. 그와 동시에 그는 사주식(四柱式) 침대에서 자지러질 듯 숨죽인 웃음소리를 들었다. 필사적으로 초연함을 가장하고 도망치긴 했지만, 그의 신경계에 가해진 충격은 매우 심각해서 다음 날 일어났을 때는 독감에 걸려 있었다. 그나마 다행인 것은 쌍둥이의 방에 머리를 가져가지 않았다는 점인데, 만약 그랬다면 결과는 걷잡을 수 없이 심각해졌을 것이다.

이제 그는 무례한 미국인 가족과 싸우려는 모든 희망을 포기했고, 붉은색의 두터운 머플러를 목에 둘러 바람이 새는 것을 막고 쌍둥이의 공격에 대비해 작은 화승총을 든 채 면직물 슬리퍼 차림으로 복도를 살살 오가는 것에 만족했다. 그가 최후의 일격을 받은 것은 구월 십구일이었다. 그는 아래층에 있는 커다란 홀 입구로 내려가 거기라면 꽤 평온하게 시간을 보낼 수 있으리라 여기며, 그맘때쯤 캔터빌 가문의 초상화를 대신해 걸려 있던 미국인 목사 부부의 커다란 사로니 사진에 풍자적인 논평을 하면서 혼자 즐거워하고 있었다. 그는 묘지의 흙이 군데군데 얼룩진 긴 흰옷을 소박하지만 말끔하게 차려입고 있었고, 노란색 아마포로 턱을 질끈 묶었으며, 조그만 각등과 교회지기의 삽을 들고 있었다. 사실 그 차림새는 '체트시 헛간의 시체 도둑, 무덤 없는 조나스' 캐릭터를 위한 것으로, 그의 분장 경력 중에서도 가장 뛰어난 것 가운데 하나이자 캔터빌과 이웃의 루포드 경 사이에 벌어진 싸움의 실제 원인이기도 해서 캔터빌 사람들이라면 누구나 기억하고 있었다. 새벽 두 시 십오 분경, 그가 아는 한 아무도 깨어 있는 사람은 없었다. 혹시 핏자국이 조금이라도 남아 있을까 궁금해서 서재 쪽으로 걸어가는데 갑자기 어두운 구석에서 두 개의 형체가 튀어나오더니 머리 위로 미친 듯이 손을 흔들어대며 그의 귓가에다 "우우!" 하고 소리를 지르는 것이었다.

상황이 그렇다보니 그는 당연히 발작적인 공포에 사로잡혀 계단 쪽으로 달려갔지만 그곳에는 워싱턴 오티스가 커다란 정원 손질용 물 펌프를 들고 기다리고 있었다. 적에게 포위되어 진퇴양난에 빠진 그가 그나마 천만다행으로 불이 꺼져 있던 커다란 쇠 난로 속으로 뛰어들어 연통과 굴뚝을 거쳐 간신히 자신의 방에 돌아왔을 때는 오물과 혼란, 절망을 뒤집어쓴 참담한 몰골이었다.

그 사건 이후 그는 심야 일정을 완전히 취소하고 말았다. 쌍둥이는 이따금씩 그를 기다렸고, 매일 밤 복도에 견과 껍질을 뿌려놓아 부모님과 하인들을 성가시게 만들었지만 아무 성과도 얻지 못했다. 그는 감정적으로 너무도 큰 상처를 받은 나머지 모습을 드러내지 않는 것이 분명했다. 덕분에 오티스 씨는 몇 년 동안 몰두해온 민주당의 역사에 대한 야심 찬 연구를 다시 시작했고, 오티스 부인은 멋진 파티를 주최해 마을 전체를 들썩이게 만들었다. 쌍둥이는 라크로스(하키와 비슷한 구기 운동—옮긴이주)와 유커(카드 놀이의 일종—옮긴이주), 포커를 비롯 미국의 국기 종목에 재미를 붙였다. 버지니아는 지난주에 휴일을 보내기 위해 캔터빌에 온 젊은 체셔 공작과 함께 조랑말을 타고 오솔길을 달렸다. 유령이 사라졌다고 믿는 것이 전반적인 분위기였고, 실제로도 오티스 씨는 그 일을 캔터빌 영주에게 편지로 알렸으며, 영주는 답장을 보내 진심 어린 축하와 함께 훌륭한 목사 부인에게도 안부를 전했다.

그러나 오티스 가족이 잘못 생각한 것이었다. 유령은 무력증에 빠져 있기는 해도 아직 저택에 있었으며, 계속 쥐 죽은 듯이 있을 생각은 전혀 없는 데다 특히 손님 중에 젊은 체셔 공작이 와 있음을 알고는 더욱 그런 마음을 굳히고 있었다. 예전에 체셔 공작의 종조부, 프랜시스 스틸턴 경이 캔터빌 유령과 주사위 놀이를 하겠다며 카버리 대령과 백 기니를 걸고 내기를 했는데, 다음날 아침 그는 카드놀이 휴게실에서 속수무책의 마비 상태로 널브러진 채 발견되었고, 그 후 장수를 누리며 오래도록 살긴 했지만 두 번 다시 "더블 식스"(두 개 주사위를 던져 눈금 6이 동시에 나오는 경우—옮긴이주)라는 말은 일절 입에 올리지 않았다. 당시에는 두 귀족 집안의 명예를 위해 모두 쉬쉬하려고 노력했지만 그 일화를 모르는 사람은 없었다. 그때의 상황을 완벽하게 설명해 줄 만한 비슷한 예가 태틀 경의 세 번째 저작《섭정 황태자와 그 친구들에 대한 회상》에 등장할 것이다. 이런 사정 때문에 캔터빌 유령은 스틸턴 가문에 대한 자신의 영향력이 여전히 건재함을 보여주고 싶어 애가 탔다. 따지고 보면 그의 사촌이 데불클리 씨와 재혼함으로써 스틸턴 가문과는 먼 사돈뻘이 되었고, 누구나 알고 있듯이 체셔 공작은 직계 후손이었다. 그래서 그는 '냉혹한 베네딕트 회원, 뱀파이어 수도사'로 분장해 버지니아의 꼬맹이 연인에게 나타날 준비를 하고 있었다. 사실 그 캐릭터는 너무도 끔찍해서 늙은 스타트업 부인이 1764년 운명의 섣달 그믐날 그 모습을 보고는 찢어질 듯 비명을 지르다 쓰러졌고 결국 사흘 만에 세상을 떠났을 정도였다. 세상을 떠나기 전, 그녀는 가장 가까운 친척들의 캔터빌 저택의 상속권을 박탈하고 모든 재산을 자신이 운영하던 런던의 약국 앞으로 남겨놓았다. 그러나 준비를 끝냈음에도 유령은 마지막 순간, 쌍둥이에 대한 두려움 때문에 자신의 방을 떠나지 못했고, 애송이 공작은 '로열 침실'의 커다란 깃털 차양 아래서 평화롭게 잠들어 버지니아의 꿈을 꾸었다.

V

그로부터 며칠 뒤, 버지니아와 그녀의 곱슬머리 기사는 브로클리 초원으로 말을 타러 나갔다. 울타리를 통과하다 승마복이 심하게 찢긴 버지니아는 집에 돌아왔을 때 그런 사실을 들키지 않으려고 뒷계단으로 올라갔다. '태피스트리로 장식된 방'을 달려 지나가다가 문득 문이 열려 있는 것을 보았을 때, 그녀는 종종 그곳에서 일을 하는 어머니의 하녀를 떠올리며 혹시 승마복을 수선할 수 있을지 물어보려 했다. 그러나 놀랍게도 방 안에 있는 이는 캔터빌 유령이었다! 그는 창가에 앉아 바람에 흔들리는 누런 황금빛 나무와 기다란 가로수 길을 따라 미친 듯이 오르내리는 붉은 나뭇잎을 바라보고 있었다. 머리를 한쪽 팔에 기댄 유령의 모습은 극도의 절망 그 자체였다. 처음에는 그 자리에서 도망쳐 방에 숨으려던 어린 버지니아는 너무도 쓸쓸하고 초라한 모습을 보고 동정심을 느껴 그를 위로해주고 싶어졌다. 버지니아의 발걸음이 워낙 가벼운데다 우울증이 너무도 깊었기에 그는 말소리가 들려올 때까지 그녀의 존재를 눈치 채지 못했다.

"정말 죄송해요." 그녀는 말했다. "하지만 내일이면 동생들이 이튼 학교로 돌아가니까 원래대로 행동하셔도 아무도 성가시게 하지 않을 거예요.”

“나보고 원래대로 행동하라니 어이가 없군.” 그는 감히 자신에게 말을 거는 어여쁜 소녀를 깜짝 놀라 바라보며 대답했다. “정말 어이가 없어. 지금 나보고 한밤중에 사슬을 덜그럭거리며 돌아다니고, 열쇠 구멍에 대고 투덜거리라는 소리잖아. 그게 내가 존재하는 유일한 이유이긴 하지.”

“존재하는 데는 어떤 이유도 필요 없어요. 아저씨 본인이 얼마나 못되셨는지 알잖아요. 저희가 이 집에 이사 온 첫날, 아저씨가 아내를 죽였다고 엄니 부인이 알려주셨거든요.”

“흠, 그건 인정하지.” 유령은 부루퉁하게 말했다. “하지만 그건 가족 문제이니 다른 사람들이 간섭할 문제가 아니야.”

“사람을 죽이는 건 큰 잘못이에요.” 버지니아는 뉴잉글랜드의 선조로부터 전해진 감미로운 청교도적 엄숙함에 이따금씩 빠져드는데, 지금도 그랬다.

“흥, 나는 관념적인 윤리 의식 같은 싸구려 엄숙주의에 신물이 나! 내 아내는 옷의 주름 하나 제대로 펴지 못하고 요리라고는 전혀 할 줄 모르는 여자였지. 맞아, 언젠가 내가 호글리 숲에서 기가 막히게 멋진 수사슴 한 마리를 사냥한 적이 있어. 그런데 아내가 그걸 어떻게 식탁에 올려놓았는지 알아? 하지만 모두 끝난 일이니 이제 와서 문제될 것도 없지. 내가 설령 아내를 죽였다고 해도, 그녀의 오빠라는 작자들이 나를 굶겨 죽인 건 옳은 일이 아니지."

"굶겨 죽여요? 오, 유령 아저씨, 그러니까 사이먼 경께서는 지금 배가 고프단 말씀이군요? 제게 샌드위치가 있는데요, 드실래요?"

"고맙지만 사양하겠어. 지금은 아무것도 먹지 않으니까. 하지만 너는 언제나 마음씨가 곱구나. 끔찍하고 무례하고 저속하고 속임수나 쓰는 네 가족보다는 훨씬 나아."

"그만해요!" 버지니아는 발을 구르며 소리쳤다. "무례하고 끔찍하고 저속한 쪽은 아저씨예요. 속임수도 그래요. 제 물감을 훔쳐다가 서재 바닥에 말도 안 되는 핏자국을 만드신 건 아저씨잖아요. 처음에는 빨강과 주황을 가져가셔서 저는 일몰 풍경을 그릴 수 없었다고요. 그 다음에는 초록과 노랑을 가져가셨고, 결국 제게 남은 건 남색과 흰색뿐이어서 보기만 해도 울적한 달빛 풍경 밖에는 그릴 수 없었단 말이에요. 제대로 그릴 수 있는 게 없었다고요. 무척 화가 났지만 저는 꾹 참고 아저씨한테는 아무 말 하지 않았어요. 그리고 솔직히 피가 초록색이라니, 너무 우습지 않아요?"

"흠, 그렇다면 말이야." 유령은 한풀 꺾인 목소리로 말했다. "내가 어찌했어야 옳았겠니? 요즘은 진짜 피를 구하기가 무척 어려워. 게다가 네 오빠가 패러건 세제로 보이는 족족 문질러 없애는 마당에 내가 네 물감을 사용했다고 해서 잘못이라고 생각하지 않아. 색깔도 그래. 그건 개인적인 취향 문제잖아. 예를 들어 캔터빌 사람들은 영국에서도 파란색을 가장 좋아하거든. 그리고 너희 미국인들은 그런 문제에 신경도 쓰지 않는 걸로 아는데."

"아저씨가 전혀 모르고 하시는 말씀이에요. 아저씨가 해야 할 일은 이민을 가셔서 마음을 고쳐먹는 거예요. 여러 가지 어려움이 있겠지만 저희 아버지는 기꺼이 아저씨한테 무료 승차를 주선해주실 거예요. 세관에서도 문제없을 거고요. 세관원이 모두 민주당원이거든요. 일단 뉴욕에 정착하시면 큰 성공을 거두실 거예요. 가족 중에 할아버지가 새로 생기는 일이니까 많은 사람들이 만 달러는 내겠다고 할걸요. 아니, 가문에 유령을 갖게 된다고 볼 때 더 많은 돈을 낼지도 몰라요."

"미국을 좋아할 수 있을 것 같지가 않아."

"미국에는 폐허와 골동품이 없어서겠죠." 버지니아는 약간 비꼬듯이 말했다.

"폐허 때문이 아니야! 골동품 때문이 아니라니까!" 유령은 대답했다. "너희들만의 취향과 예절 때문이야."

"안녕히 주무세요. 쌍둥이들이 한 주 더 있다가 가도 되는지 아버지께 여쭤봐야겠네요."

"제발 가지 마, 버지니아 양." 그는 소리쳤다. "너무 외롭고 불행하단 말이야. 어떻게 해야 할지 모르겠어. 잠을 자고 싶어도 그럴 수가 없어."

"말도 안 돼요. 침대에 누워 촛불만 끄면 되는 일이잖아요. 깨어 있는 게 어려울 때가 많지, 특히 교회 같은 데서요. 잠자는 건 정말 쉬운 일인걸요. 그럼요, 똑똑하지 않은 아기들도 어떻게 잠을 자는지는 다 알고 있잖아요."

"나는 삼백 년 동안 잠을 못 잤단다." 그가 말하자, 버지니아의 아름다운 푸른 눈이 휘둥그레졌다. "삼백 년이나! 잠을 못 자서 나는 너무 피곤하단다."

버지니아의 안색이 점점 걱정스러워졌고, 작은 입술은 장미 잎사귀처럼 떨렸다. 그녀는 유령에게 다가와 그 옆에 무릎을 꿇고 시들어버린 늙은 얼굴을 올려다보았다.

"가여워라, 가여운 유령 아저씨." 그녀는 낮은 소리로 말했다. "주무실 곳이 없나요?"

"소나무 숲 저 멀리," 그는 꿈결처럼 나지막이 대답했다. "작은 정원이 있지. 거기에는 긴 수풀이 우거져 있고, 미나리 꽃으로 만든 별 모양의 커다란 흰색 침대가 있어. 나이팅게일이 밤새 노래를 부르지. 나이팅게일이 밤새 노래하는 동안, 차갑고 투명한 달빛이 굽어보고, 주목(朱木)은 잠든 이들을 향해 커다란 팔을 펼치고 있단다."

버지니아의 눈빛은 점점 눈물에 가렸다. 그녀는 두 손으로 얼굴을 감쌌다.

"죽음의 정원을 말씀하시는 거군요." 그녀는 속삭였다.

"그래, 죽음. 죽음은 정말이지 아름답단다. 부드러운 갈색 흙에 누워 머리 위에서 수풀이 살랑대는 동안 침묵에 귀 기울이는 거야. 어제도, 내일도 없단다. 시간을 잊고, 생을 용서하면 평온해지지. 네가 나를 도와줄 수 있단다. 나를 위해 죽음의 집으로 가는 대문을 열어주렴. 너는 언제나 사랑으로 충만해 있으며, 사랑은 죽음보다 강하므로 너는 할 수 있단다."

버지니아는 차가운 전율에 몸을 떨었고, 한동안 침묵이 흘렀다. 그녀는 악몽을 꾸고 있는 기분이었다.

이윽고 다시 들려온 유령의 목소리는 한숨짓는 바람소리 같았다.

"서재 창문에 있는 예언을 읽어본 적 있니?"

"그럼요, 자주 읽어요." 소녀는 얼굴을 들며 소리쳤다. "잘 알아요. 이상한 검정 글씨로 씌어 있어 읽기 어렵지만요. 여섯 줄밖에 안 되는 걸요.

금발의 소녀가 죄악의 입술에서

기도를 이끌어낼 때
불모의 아몬드 나무에 열매가 맺히고
꼬마 아이가 그 눈물을 닦아줄 때
저택은 고요해지고
갠티빌에 평화가 찾아올지니.

하지만 무슨 뜻인지 모르겠어요."

"그 뜻은," 그는 애처로이 말했다. "내게 눈물이 없으니 네가 내 죄를 대신해 울어주고, 내게 믿음이 없으니 네가 내 영혼을 대신해 기도해준다면, 그리고 네가 언제나 착하고 선하고 너그럽다면, 죽음의 천사가 이 아저씨한테 자비를 베풀어줄 거라는 거야. 어둠 속에서 무서운 것을 보고, 사악한 목소리가 네 귓가에 소곤대겠지만, 그 무엇도 네게 해를 끼칠 수 없단다. 지옥의 힘도 아이의 순결함을 이길 수 없으니까."

버지니아는 아무런 대꾸를 하지 않았다. 유령이 격한 절망 속에서 주먹을 움켜쥐고 내려다보았을 때, 버지니아의 금발 머리가 끄덕거리고 있었다. 갑자기 그녀는 매우 창백한 안색과 기묘한 눈빛을 하고 벌떡 일어섰다. "무섭지 않아요." 그녀는 단호하게 말했다. "아저씨께 은총을 베풀어달라고 천사에게 말하겠어요."

기쁨에 겨워 약간 울먹이며 일어선 그는 예스러운 태도로 버지니아의 손에 입을 맞추었다. 그의 손가락이 얼음처럼 차갑고 입술은 불덩이처럼 뜨거웠지만, 그가 어둑한 방을 가로질러 버지니아를 이끌 때에도 그녀는 망설이지 않았다. 색 바랜 초록빛 태피스트리에는 작은 사냥꾼들이 수놓아져 있었다. 사냥꾼들은 술 장식이 달린 뿔 나팔을 불며 그녀에게 돌아오라고 작은 손을 흔들어댔다. "돌아와! 버지니아." 그들은 소리쳤다. "돌아와!" 그러나 유령은 그녀의 손을 더 세게 움켜잡았고, 그녀는 사냥꾼들을 보지 않으려고 눈을 질끈 감아버렸다. 굴뚝에 새겨진 그림에서 도마뱀의 꼬리를 단 오싹한 동물들이 그녀를 향해 눈알을 번뜩이며 속삭였다. "조심해! 버지니아. 조심하라고! 다시는 너를 못 볼지도 모르겠네." 그러나 유령은 더 서둘러 버지니아를 잡아끌었고, 그녀는 귀를 막아버렸다. 그는 방 끝에서 멈추더니 버지니아가 알아들을 수 없는 말을 중얼거렸다. 그녀가 눈을 떴을 때, 안개가 걷히듯 벽면이 천천히 사라지더니 어둡고 커다란 동굴이 눈앞에 나타났다. 싸늘한 바람이 그들을 휩쌌고, 버지니아는 뭔가 옷자락을 잡아끄는 느낌이 들었다. "서둘러, 빨리." 유령이 소리쳤다. "이러다 늦겠어." 잠시 후 징두리 벽판이 그들 뒤에서 닫혔고, 태피스트리로 장식된 방 안에는 아무도 남아 있지 않았다.

VI

십 분쯤 지났을까, 벨소리가 차 마실 시간을 알린 후에도 버지니아가 나타나지 않자, 오티스 부인은 하인에게 그녀를 불러오라고 했다. 잠시 후, 하인이 돌아와 버지니아 양이 보이지 않는다고 말했다.

버지니아는 매일 저녁마다 식탁에 놓을 꽃을 가지러 정원에 나갔으므로 처음엔 오티스 부인도 별 걱정을 안 했지만, 여섯 시가 되어도 버지니아가 나타나지 않자 몹시 불안해하며 아이들에게 밖에 나가 찾아보라고 이르고는 그녀도 남편과 함께 저택 안을 뒤지기 시작했다. 여섯 시 삼십 분, 아이들이 돌아와 버지니아를 도저히 찾을 수 없다고 말했다. 그때부터 오티스 가족은 극심한 동요를 일으키며 어찌할 바를 몰라 했다. 며칠 전 집시 일당에게 공원에서 야영을 해도 좋다고 허락한 일이 불현듯 오티스 씨의 뇌리에 떠올랐다. 그는 곧장 장남과 하인 둘을 데리고 집시 패가 야영하겠다고 말한 블랙펠 할로우를 향해 달려갔다. 걱정으로 미칠 지경에 이른 애송이 체셔 공작도 그들을 따라가겠다고 사정했지만, 오티스 씨는 혹시 모를 난투극을 염려해 허락하지 않았다. 그러나 막상 그곳에 도착해보니, 집시 패들은 이미 종적을 감춘 후였다. 모닥불이 여전히 타고 있고, 접시가 수풀 여기저기 놓여 있는 것을 보면 갑작스럽게 떠났음이 분명했다. 그는 장남과 두 명의 하인에게 주변을 찾아보라고 말하고, 급히 집으로 돌아와 떠돌이 패거리 아니면 집시 일당에게 납치당한 소녀를 찾아달라고 전국의 경찰서에 전보를 보냈다. 오티스 씨는 곧이어 말을 준비시킨 뒤 아내와 세 아들에게 계속 식사를 하라고 이르고는 하인 한 명과 함께 애스컷 거리를 질주했다. 그러나 삼 킬로미터 남짓 달렸을까, 누군가 급히 뒤따라오는 것 같아 돌아보니 조랑말을 탄 애송이 공작이 모자도 쓰지 않은 채 벌겋게 상기된 얼굴로 다가왔다. "오티스 씨, 너무 걱정이 돼서요." 애송이는 숨을 헐떡였다. "버지니아가 사라졌는데 어떻게 음식이 넘어가겠습니까. 부디, 화를 내진 마십시오. 작년에 저희의 약혼을 허락만 하셨어도 이런 일은 벌어지지 않았을 텐데 말입니다. 제게 돌아가라고 하시지는 않겠죠? 갈 수 없습니다! 가지 않겠습니다!"

목사는 별 수 없이 잘생긴 개구쟁이를 향해 미소를 머금다가 버지니아에 대한 각별한 애정에 가슴이 뭉클해져서 몸을 뻗어 젊은이의 등을 부드럽게 토닥거렸다. "그래, 세실, 돌아가지 않겠다면 함께 가지. 하지만 애스컷에 도착하면 자네 모자부터 사야겠어."

"이런, 모자가 무슨 소용입니까! 제게 필요한 건 버지니아입니다!" 애송이 공작은 우쭐하며 소리쳤고, 그들은 기차역을 향해 전속력으로 말을 몰았다. 오티스 씨는 역장에게 버지니아의 인상착의를 설명하며 혹시 승강장에서 그녀를 본 사람이 있는지 알아봐 달라고 요청했지만 소득이 없었다. 그러나 역장은 여기저기 연락을 취한 뒤에 철저한 감시 태세를 갖출 테니 너무 걱정 말라고 말했다. 오티스 씨는 막 가게 문을 닫으려던 리넨 상점에서 애송이 공작에게 줄 모자를 사고는 다시 칠 킬로미터쯤 떨어진 벡슬리로 달려갔다. 벡슬리는 집시들이 자주 출몰하는 곳으로 널리 알려져 있으며, 주변에 넓은 공유지가 있는 마을이었다. 그들은 그곳 경찰서를 수소문했지만 별다른 정보를 얻을 수 없었다. 공유지를 샅샅이 뒤진 후에는 어쩔 수 없이 집으로 말머리를 돌려야 했다. 그들이 캔터빌 저택에 도착한 시간은 열한 시경으로, 모두 비통한 심정으로 녹초가 되어 있었다. 가로수 길이 매우 어두웠으므로 워싱턴과 쌍둥이 형제가 각등을 들고 대문까지 나와서 그들을 기다리고 있었다. 버지니아의 행적에 대해서는 조금도 밝혀진 것이 없었다. 집시 일당을 블록슬리 초원에서 만나긴 했지만, 버지니아의 모습은 보이지 않았다. 집시들의 말에 따르면 초튼 축제의 날짜를 잘못 알고 있다가 행여 늦을지 몰라 부랴부랴 짐을 싼 것이라고 했다. 실제로 그들은 공원에서 야영을 허락해준 오티스 씨에게 진심으로 고마워하던 터라 버지니아의 실종 소식에 몹시 안타까워하며 그들 중 네 명이 따로 남아서 수색을 도와주기도 했다. 잉어 연못의 물을 빼고, 저택을 이 잡듯 뒤졌지만 달라진 것은 없었다. 어쨌든 그날 저녁 버지니아가 사라진 것은 분명했다. 그 정도의 상황 설명이 오가는 가운데 오티스 씨와 아이들은 저택을 향해 걸었고, 하인은 말 두 마리와 조랑말 한 마리를 끌고 그 뒤를 따랐다. 거실의 하인들은 겁에 질려 있었고, 불쌍한 오티스 부인은 두려움과 걱정으로 거의 인사불성이 되어 서재의 소파에 누워 있었는데, 가정부가 그녀의 이마를 오드콜로뉴('퀼른의 물'이라고도 알려진 방향수의 일종—옮긴이주)로 적셔주었다. 오티스 씨는 그녀에게 뭐라도 먹으라고 권했고, 집안 사람들 모두 식사를 하라는 지시를 내렸다. 우울한 식사였다. 아무도 말이 없었고, 누나를 몹시 좋아했던 쌍둥이는 겁에 질리고 침울해져 있었다. 식사가 끝나자, 오티스 씨는 애송이 공작의 애원에도 불구하고 모두 잠자리에 들라고 명령했다. 남은 밤 동안 더 이상 할 수 있는 일은 없으며, 아침 일찍 스코틀랜드 야드(Scotland Yard. 1829년 창설된 런던의 수도경찰, 메트로폴리탄 폴리스의 별칭—옮긴이주)에 전보를 쳐 형사 몇 명을 보내달라고 할 계획이라고 그는 말했다. 그들이 식당을 막 빠져나갈 즈음, 시계탑이 자정을 알려왔는데, 마지막 열두 번째 울림이 전해지는 순간 쿵 소리와 함께 날카로운 울음소리가 들려왔다. 무시무시한 천둥소리가 집 안을 뒤흔들었고, 섬뜩한 음악 소리가 울려 퍼지는가 싶더니 층계 맨 위에 있는 판벽이 요란한 굉음과 함께 날아가 버렸다. 그리고 층계참에는 핏기 없는 하얀 얼굴로 조그만 상자를 손에 쥔 버지니아가 서 있었다. 순식간에 그들은 버지니아를 향해 뛰어올라 갔다. 오티스 씨는 그녀를 덥석 끌어안았고, 공작은 숨이 막힐 듯이 그녀에게 격정적인 키스를 퍼부었으며, 쌍둥이들은 사람들 주위를 돌며 덩실덩실 승리의 춤을 추었다.

"허허 참! 얘야, 도대체 어디에 있었어?" 딸아이가 그들을 상대로 유치한 장난질을 친 거라고 생각하며 오티스 씨는 약간 성난 목소리로 말했다. "세실과 내가 너를 찾느라 온 동네를 돌아다녔다. 너희 엄마는 겁에 질려 죽을 뻔했단 말이야. 앞으로는 절대 이런 장난은 치지 말거라."

"유령한테 하는 장난은 빼고요! 유령한테는 빼고!" 쌍둥이들이 소리를 지르며 신이 나서 뛰어다녔다.

"아이고 내 새끼, 하나님이 널 찾아주셨구나. 다시는 내 곁을 떠나지 마라." 오티스 부인은 오들오들 떨고 있는 딸아이에게 입을 맞추고 헝클어진 금발을 어루만졌다.

"아빠." 버지니아가 조용히 말했다. "유령 아저씨와 함께 있었어요. 아저씨는 돌아가셨어요. 와서 보세요. 나쁜 짓을 하셨지만, 그동안 저지른 일을 전부 후회하셨어요. 그리고 돌아가시기 전에 이 보석 상자를 제게 주셨어요."

가족은 모두 깜짝 놀라 아무 말 없이 버지니아를 노려보았지만, 그녀는 매우 의젓하고 진지한 표정이었다. 버지니아는 주위를 두리번거리다가 판벽에 난 비좁은 비밀 통로로 가족을 이끌었고, 워싱턴은 탁자에서 가져온 촛불을 들고 뒤를 따랐다. 이윽고 그들은 녹슨 못이 점점이 박혀 있는 커다란 참나무 문에 다다랐다. 버지니아가 문을 만지자, 육중한 돌쩌귀가 돌아가며 문이 획 열렸고, 그들은 쇠살이 처진 조그만 창문 하나와 야트막한 둥근 천장으로 이루어진 조붓한 방으로 들어갔다. 벽 깊숙이 커다란 쇠고리가 박혀 있었고, 거기에 사슬로 묶인 앙상한 해골이 돌바닥까지 늘어져 있었다. 해골은 살점 없는 긴 손가락으로 나무 쟁반과 물주전자를 붙잡으려는 자세를 취하고 있었지만, 손이 닿지 않는 거리였다. 녹색 곰팡이가 가득한 주전자에 한때 물이 담겨 있던 흔적이 역력히 남아 있었다. 나무 쟁반에는 수북이 쌓인 먼지 외에 아무것도 올려져 있지 않았다. 버지니아는 해골 옆에 무릎을 꿇고는 작은 두 손을 모으고 조용히 기도를 올리기 시작했다. 한편 다른 사람들은 그들 앞에 비밀을 드러낸 망자의 참담한 비극을 놀라움 속에서 지켜보았다.

"여기 봐요!" 창문을 기웃거리던 쌍둥이 하나가 저택 익벽에 놓인 방의 위치를 발견하고는 소리를 질렀다. "여기 봐요! 시들어빠진 아몬드 나무에 꽃이 활짝 피었어요. 달빛에 꽃이 똑똑히 보여요."

"하느님이 그분을 용서하셨어요." 버지니아는 엄숙하게 말했다. 자리에서 일어서 얼굴 가득 아름다운 빛이 일렁이는 것 같았다.

"너는 정말이지 천사야!" 젊은 공작이 버지니아의 목을 끌어안고 입을 맞추며 소리쳤다.

VII

그 기묘한 사건이 벌어진 지 나흘 째 밤 열한 시경, 캔터빌 체이스에서 장례식이 거행되었다. 여덟 필의 검은 말이 장의 마차를 끌었고, 말의 머리마다 타조 깃털로 술을 달았다. 납관을 덮은 자줏빛 보에 캔터빌 문장이 금으로 수놓아져 있었다. 장의 마차 옆으로 하인들이 횃불을 들고 걷는 등, 장의 행렬은 매우 인상적이었다. 웨일스에 있던 캔터빌 경이 주요 조문객으로 특별히 장례식에 참석하여 버지니아와 함께 첫 번째 마차에 앉아 있었다. 두 번째 마차에는 미국인 목사 부부, 다음 마차에는 워싱턴과 쌍둥이와 애송이 공작이, 마지막 마차에는 엄니 부인이 탔다. 엄니 부인은 오십 년이 넘는 세월 동안 두려움에 시달려왔으므로 유령의 마지막 모습을 지켜볼 권리가 있다고 대체로 인정하는 분위기였다. 교회 묘지 한쪽 구석, 늙은 주목 아래 깊은 무덤을 팠고, 오거스터스 댐피어 목사는 그 어느 때보다 감회에 젖어 기도문을 낭독했다. 기도가 끝나자 캔터빌에서 지켜온 오랜 관습에 따라 하인들은 횃불을 껐고, 관이 무덤에 내려질 때 한 발 앞으로 나온 버지니아는 흰색과 분홍색 아몬드 꽃으로 만든 커다란 십자가를 관에 올려놓았다. 그때 달이 구름 뒤에서 나와 작은 교회 묘지를 은빛으로 물들였고, 멀리 숲에서 나이팅게일이 울기 시작했다. 버지니아는 죽음의 정원을 알려주던 유령의 말을 떠올렸고, 뿌옇게 눈물이 앞을 가린 채 집으로 돌아오는 내내 한 마디 말도 하지 못했다.

다음 날 아침 캔터빌 경이 돌아가기 직전에 오티스 씨는 그와 면담을 갖고 유령이 딸아이에게 주었다는 보석 상자에 대해 의견을 나누었다. 옛 베네치아 풍으로 상감되어 십육세기 최상품이 분명한 루비 목걸이를 비롯해, 보석들은 더없이 훌륭한 것들이었다. 그 가치 또한 어마어마한 터라 오티스 씨는 딸아이에게 보석을 주기가 몹시 망설여졌던 것이다.

"영주님," 그는 말했다. "영국에서는 토지뿐 아니라 장신구까지 영구히 양도되는 것으로 알고 있습니다. 이 보석들은 영주님 가문의 가보가 분명해 보입니다. 따라서 다소 기이한 상황으로 되찾은 것이긴 하나, 런던으로 가져가셔서 영주님의 재산으로 처분하시기 바랍니다. 제 딸아이는 아직 어리고, 다행히 아직은 불필요한 사치품에 관심이 없습니다. 또한 은혜롭게도 어렸을 때 보스턴에서 몇 차례 겨울을 지낸 적이 있는 제 아내는 보석을 팔아 막대한 금전적 이윤을 취하는 것으로 예술품의 가치를 따지지 않습니다. 상황이 이렇다 보니, 저희 가족 중 누구에게도 보석을 주기가 곤란하다는 것을 영주님이 알아주시리라 생각합니다. 영국 귀족의 기품에 어울릴 만한 헛된 장식품과 노리개는 소박하게 자라온 사람들에게는 아무 의미도 없을 뿐더러, 저는 영생과 공화국의 검소한 원칙을 믿습니다. 만약 불운하게 잘못된 길로 인도된 조상분의 유품으로서 간직하라고 하신다면, 아마 제 딸은 무척 불안해할지도 모른다는 점을 아울러 말씀드립니다. 아주 오래된 보석이며 손질하기도 어려워서 제 딸아이에게는 도저히 어울리지 않는다는 것도 이해하실 겁니다. 저로 말씀드리면, 어떤 형태로든 딸아이가 중세적 취향에나 어울릴 법한 동정심을 보였다는 데 솔직히 몹시 놀라고 있습니다. 아내가 아테네 여행에서 돌아온 직후, 버지니아가 태어난 곳이 런던의 한 교외였다는 사실이 유일한 이유이지 않을까 싶습니다." 캔터빌 경은 덕망 있는 목사의 말을 경청하면서 이따금씩 잿빛 수염을 잡아당기기도 하고 불쑥 떠오르는 미소를 감추기도 하다가 오티스 씨의 말이 끝나자 진심어린 악수를 청하며 이렇게 말했다. "존경하는 목사님, 댁의 아름다운 따님은 불운했던 우리 조상인, 사이먼 경을 위해 아주 뜻 깊은 일을 해주었소. 나와 우리 가문은 따님의 놀라운 용기와 담력에 큰 빚을 지게 됐소. 보석은 분명히 따님의 것이고, 흠흠, 내가 만약 따님에게서 무정하게 보석을 빼앗아버린다면, 사악한 조상 분이 보름 안에 무덤에서 나와 나를 지옥으로 끌고 갈 거요. 가보라고 하셨는데, 그런 보석을 언급한 유언장이나 법적인 문서가 없으니 우리로서는 전혀 모르는 물품이오. 그러니까 나는 보석에 대해서 댁의 집사만큼이나 권리가 없으며, 버지니아 양이 성인이 되었을 때 아름다운 장신구를 몸에 걸칠 수 있다면 무척 기뻐하지 않을까 하는 생각이 감히 드는군요. 뿐만 아니라 오티스 씨, 가구와 유령을 포함해 저택의 모든 것을 제값에 인수하신 걸 잊으셨군요. 그러므로 유령의 소유물도 모두 댁의 재산이고, 사이먼 경이 한밤중에 복도에서 어떤 행동을 했든 간에, 법적인 관점에서 보면 이미 죽은 분이니 목사님이 저택을 구입함으로써 그분의 재산도 취득한 셈이지요."

오티스 씨는 캔터빌 경의 말에 몹시 낙담하여 결심을 번복해 달라고 부탁했지만, 선량한 캔터빌 경이 아주 단호한 탓에 결국에는 딸아이가 유령의 선물을 간직해도 좋다고 허락할 수밖에 없었다. 그리고 1890년 봄, 젊은 체셔 공작은 여왕의 결혼식 때

응접실에서 그 보석을 바쳤고, 여왕의 보석은 세계적인 찬사를 받았다. 그 보답으로 버지니아에게는 보관(寶冠)이 하사됐는데, 미국인 소녀에게 더없이 좋은 선물이었고, 그녀는 성년이 되자마자 남자 친구와 결혼했다. 두 사람은 더없이 아름다웠고 서로 깊이 사랑했으므로, 누구나 그들의 결합을 기뻐했다. 나이 든 덤블턴 후작 부인만이 예외였는데, 그녀는 미혼인 일곱 명의 딸 중 한 명과 공작을 이어주려고 값비싼 만찬회를 세 번 이상 여는 등 갖은 노력을 다했기 때문이다. 그런데 이상하게 들릴지 모르지만 이런 예외적인 인물에 오티스 씨도 포함되었다. 오티스 씨는 개인적으로 젊은 공작을 무척 좋아했지만, 이론적으로는 귀족이라는 작위에 반대했다. 본인의 말을 빌리면 "쾌락을 추구하는 귀족주의의 쇠약해진 영향력 속에서 아무 걱정도 하지 않는다면 공화국의 검소한 원칙은 잊혀지고 만다"는 것이다. 그러나 그의 반대는 완전히 사라졌고, 내가 보기에 해노버 광장의 성 조지 성당의 복도를 딸과 함께 걸어오던 그의 모습은 영국을 통틀어 가장 자부심에 넘쳤다.

신혼여행이 끝난 후 공작과 공작부인은 캔터빌 체이스를 방문했으며, 다음 날 오후 단 둘이 소나무 숲가의 쓸쓸한 교회 묘지를 향해 걸었다. 처음에는 사이먼 경의 묘비명을 두고 큰 어려움이 있었지만, 결국에는 노신사의 이름 머리글자만 간단히 새기고 서재 창문에 있는 시구를 넣기로 결정이 되었다. 공작부인은 들고 온 아름다운 장미를 무덤에 뿌렸고, 잠시 그곳에 서 있다 낡은 수도원의 부서진 성단소를 향해 천천히 걸어갔다. 공작부인이 무너진 기둥 위에 앉아 있는 동안, 남편은 담배를 피우며 그녀의 아름다운 눈을 바라보았다. 그는 갑자기 담배를 집어던지고 그녀의 손을 잡더니 이렇게 말했다. “버지니아, 아내는 남편에게 아무런 비밀도 없어야 해.”

“세실! 저는 당신한테 숨기는 게 없는 걸요.”

“아니, 있어.” 그는 웃으며 말했다. “유령과 함께 있는 동안 당신에게 무슨 일이 있었는지 한 번도 내게 말한 적이 없거든.”

“세실, 그건 아무에게도 말한 적이 없어요.” 버지니아는 심각하게 말했다.

“알아. 하지만 내게는 말할 수 있을 거야.”

“제발 그 일은 묻지 말아요, 세실. 말할 수 없어요. 가여운 사이먼 경! 그분한테 저는 많은 걸 빚졌거든요. 이런, 웃지 말아요, 세실. 정말이에요. 그분은 삶이 무엇이고, 죽음이 어떤 의미인지, 왜 사랑이 삶과 죽음보다 더 강한지 제게 알려주셨으니까요.”

공작은 자리에서 일어나 아내에게 애정 어린 키스를 했다.

“당신이 나를 사랑하는 한 그 비밀을 지켜도 좋아.” 그는 속삭였다.

"내 사랑은 언제나 당신의 것이에요, 세실."

"그럼 언젠가 우리 아이들한테는 말해줄 생각이겠지?"

버지니아는 얼굴을 붉혔다.

두 번째 기묘

가공할 만한 적

His Unconquerable Enemy

by William Chambers Morrow

나는 어느 지체 높은 왕족이 거느리고 있는 한 여자에게 고도의 외과 수술을 집도하기 위해 캘커타에서 인도의 중심부로 불려갔다. 왕족은 고귀한 성품이었지만, 나중에 확인하게 되듯이 나태한 기질과는 달리 동방 특유의 냉혹함을 지니고 있었다. 그는 수술이 성공적으로 끝난 것에 크게 기뻐하며 내가 원할 때까지 궁전에 손님으로 남아 있기를 권했고, 나는 감사히 그 청을 받아들였다.

그곳의 남자 하인 가운데에는 놀라우리만큼 지독한 악의로 인해 내 시선을 잡아끄는 인물이 있었다. 그의 이름은 네라냐로, 나는 그에게 말레이 사람의 피가 많이 섞여 있다고 확신했다. 여느 인도인과는 달리(피부 색깔도 달랐다), 극도로 경계심이 많고 활동적이며 신경질적이고 예민했기 때문이다. 주인을 향한 애정이 그런 성격을 보완해주었다. 한번은 그 폭력적인 성향이 극악한 범죄를 불러왔다. 난쟁이를 칼로 찔러 중상을 입힌 것이다. 왕족은 죄를 범한 네라냐의 오른쪽 팔을 자르라고 명했다. 도끼로 무장한 우스꽝스러운 망나니가 서투른 동작으로 명령을 집행했으며, 외과 의사로서 나는 네라냐의 목숨을 구하기 위해 잘리고 남은 부위를 절단해 나머지 사지에 문제가 없도록 조치해야 했다.

그 일 이후 그의 사악함은 심해졌다. 왕족을 향한 애정은 증오로 바뀌었고 광적인 분노 속에서 분별력은 완전히 팽개쳐져버렸다. 한번은 왕족의 야멸찬 대우에 격분하여 칼을 들고 그에게 돌진했지만, 다행히 그 전에 붙잡혀 칼을 빼앗겼다. 그 일로 혼비백산한 왕족은 그의 남은 팔도 자르라는 벌을 내렸다. 전과 똑같은 방식으로 형이 집행되었다. 그것은 네라냐의 정신을 일시적으로 억제하는 효과를 가져왔다. 아니면 사악함을 겉으로 드러내지 않도록 하는 변화를 가져왔는지도 모른다. 두 팔을 모두 잃은 뒤 처음에는 주변의 도움에 크게 의지해야 했으므로, 그를 보살펴야 하는 내 의무감도 많이 덜해졌다. 나는 기묘하게 뒤틀린 그의 성격에 흥미를 느끼고 있었다. 그의 무력감은 은밀히 품은 복수의 오싹한 계획과 결합되어 사납고 충동적이며 막무가내인 행동을 무난하고 차분하며 간교한 태도로 바꾸어놓았다. 왕족을 포함해서 그와 접촉하는 사람들을 모두 속일 정도로 그의 변신은 교묘했다.

대단히 영민하고 약삭빠른데다 불굴의 의지를 지닌 네라냐는 다리와 발, 발가락을 효과적으로 사용하는 데 집중했고, 때가 됐을 때 기막힌 재주를 선보일 만큼 그 결과는 놀라웠다. 그래서 그는 파괴적인 행동을 포함한 자신의 능력을 상당 부분 되찾을 수 있었다.

어느 날 아침, 유달리 사랑스럽고 고귀한 성품을 지닌 청년인 왕족의 외동아들이 침대에서 시체로 발견되었다. 충격적인 방식으로 사지가 절단된, 극히 잔혹한 살인 사건이었다. 내가 보기에는 왕자의 두 팔이 깨끗이 잘려 없어진 점이 무엇보다 중요한 단서였다.

아들의 죽음으로 왕은 목숨이 위태로운 지경에 이르렀다. 그래서 나는 왕족의 건강을 먼저 보살핀 후에 살인 사건을 체계적으로 조사하기 시작했다. 왕족과 부하들의 조사가 실패할 때까지, 그리고 내가 완전히 일을 마무리 지을 때까지, 나는 발견한 단서와 결론에 대해 일체 언급하지 않았다. 마침내 나는 모든 정황을 면밀히 분석한 뒤, 네라냐를 범인으로 지목하는 보고서를 왕에게 제출했다. 내가 제출한 증거와 주장을 보고 흥분한 왕족은 즉각 네라냐를 사형에 처하되 혹독한 고문을 통해 서서히 죽이라고 명령했다. 형의 잔인함과 혐오감 때문에 나는 공포에 사로잡혔고, 불쌍한 죄인을 총살에 처해달라고 간청했다. 결국 나에 대한 감사의 의미로 왕족은 관대하게 형을 준비했다. 네랴나는 당연히 범죄 사실을 부인했지만, 왕족이 확신하는 것을 눈치채고 자제력을 잃어버렸다. 그는 몹시 오싹하게 춤을 추고 웃어대다가 비명을 질렀고, 죄를 시인하면서 저지른 범죄에 대해 흡족해했다. 처참히 죽게 될 것을 예감하고 이를 앙다물며 왕족에게 욕설을 퍼붓기도 했다.

왕족은 그날 밤 세부적인 문제를 결정했고, 다음 날 아침 내게 자신의 결심을 알려주었다. 네라냐의 목숨은 살려두겠지만, 망치로 두 다리를 내려친 뒤 으깨진 다리를 절단하라는 것이었다! 그 끔찍한 형벌에 덧붙여 사지가 절단된 사람을 가두고 주기적으로 고문할 방법은 차후 고안될 예정이었다.

나는 맡겨진 임무의 섬뜩함에 질려버렸지만, 성공적으로 그 임무를 수행했다. 그 일의 극적인 부분에 대해서는 더 이상 자세히 말하고 싶지 않다. 네라냐는 구사일생으로 살아났고, 예전의 활기를 되찾는 데 오랜 시간이 걸렸다. 그 몇 주 동안 왕족이 그를 찾거나 그에 대해 묻지는 않았지만, 의무를 다하기 위해 나는 그가 기력을 회복했다는 공식 보고서를 올렸다. 그러자 왕족의 눈빛이 빛나더니 오랫동안 빠져 있던 무력증에서 벗어나 극히 활달한 모습이 되었다.

궁전은 장엄했지만, 여기서는 으리으리한 홀에 대해서만 설명하겠다. 홀은 거대한 하나의 공간으로, 윤기 나는 바닥과 상감한 돌, 높은 아치형의 천장으로 이루어져 있었다. 지붕의 스테인드글라스와 한쪽 벽면의 높다란 창문을 통해 부드러운 햇살이 홀에 스며들었다. 방 한복판에 있는 거대한 분수는 길고 날렵한 물줄기를 뿜어 올렸고, 그 주위에 좀더 작고 짧은 분출구들이 모여 있었다. 홀 한쪽 끝을 가로질러, 천장에 이르는 반 정도의 높이에 발코니가 있었다. 발코니는 물림의 위층으로 통했고, 위층의 돌계단이 홀의 바닥까지 내려와 있었다. 무더운 여름 동안 홀은 기분이 좋을 정도로 시원했다. 왕족이 가장 좋아하는 휴식처이자, 무더운 밤이면 간이침대를 가져다 잠드는 곳이기도 했다.

바로 그 홀이 네라냐의 영원한 감옥으로 선택되었다. 거기서 그는 생명이 다하는 날까지 머물러야 하며, 빛나는 세상이나 찬란한 하늘을 두 번 다시 볼 수 없었다. 성마르고 불평이 많은 그의 성품으로 볼 때 감금 생활은 죽음보다 더 혹독한 것이었다. 왕족의 명령에 따라 바닥에서 삼 미터 높이의 네 철기둥 위에 직경이 일 미터 이십 센티미터 정도인 원형 모양의 소형 철제 감옥이 만들어졌다. 그것은 발코니와 분수 중간에 놓였다. 감옥의 깊이는 일 미터 이십 센티미터였고, 그를 시중드는 하인들의 편의를 위해 지붕이 왼쪽으로 열리도록 고안되었다. 그 같은 예방 조치는 내 제안을 따른 것이었다. 네라냐가 지금은 비록 사지를 모두 잃었지만, 나는 보기 드문 그의 악의를 여전히 두려워했다. 시중드는 사람들은 반드시 휴대용 사다리를 이용해 감옥에 접근하도록 주의를 주었다.

만반의 준비가 끝난 뒤에 네라냐는 감옥으로 끌어올려졌고, 마지막 형을 집행한 이후 처음으로 왕족이 그를 보기 위해 발코니에 나타났다. 네라냐는 숨을 헐떡이며 무력하게 감옥 바닥에 널브러져 있었지만, 왕족의 발소리를 듣자마자 뒤통수를 난간에 기대려고 몸부림을 쳤다. 그는 가슴 위로 머리를 들어 창살 너머를 노려볼 수 있었다. 그렇게 두 명의 철천지원수는 서로 얼굴을 마주했다. 흉측하고 볼썽사나운 몰골과 그 눈길을 대하는 순간, 왕족의 험상궂은 얼굴이 창백해졌다. 그러나 그는 곧 안색을 되찾고 혹독하고 잔인하며 음산한 노인의 얼굴로 돌아왔다. 길게 자란 네라냐의 검은 머리칼과 수염은 본연의 흉악성을 더 도드라지게 만들었다. 왕족을 대하는 그의 눈동자에 오싹한 불꽃이 일었고, 입술이 벌어지면서 숨을 몰아쉬기 시작했다. 얼굴은 분노와 절망으로 흙빛이 되었으며, 가늘고 넓은 콧구멍이 부르르 떨렸다.

왕족은 발코니에서 팔짱을 끼고, 자신이 만들어놓은 흉물스러운 몰골을 내려다보았다. 참으로 비애가 느껴지는 광경이었다. 그처럼 잔인하고 깊고 참담한 비극이 있을까! 광기 어린 죄수의 체념을 들여다보고 그 섬뜩한 동요를 알아챌 사람이 있었을까! 갑자기 쇄도하듯 숨 막히는 열정, 속박에서 풀려났지만 여전히 무력한 광포함, 지옥보다 더 깊을 처절한 복수욕 말이다! 흉측한 몸뚱이를 들썩이며 쏘아보는 네라냐의 눈빛에서 불꽃이 일었다. 곧이어 우렁차고 또렷한 목소리가 거대한 홀을 쩌렁쩌렁 울리며 왕족을 향해 가장 무례한 반항과 가장 오싹한 악담을 쏟아내기 시작했다. 네라냐는 왕족을 잉태했던 자궁을, 그를 키운 음식을, 그에게 권력을 가져다준 부를 저주했다. 부처와 세상의 모든 성인의 이름으로 그를 저주했다. 태양과 달과 별의 이름으로, 대륙과 산, 바다와 강의 이름으로, 살아 있는 모든 것의 이름으로, 그의 머리와 가슴과 창자를 저주했다. 입에 담을 수 없는 언어의 소용돌이 속에서, 기상천외의 사무친 욕설 속에서 오만불손하게 그를 저주했다. 그를 불한당, 짐승, 바보 천치, 거짓말쟁이라고, 파렴치하고 지독한 겁쟁이라고 욕했다.

왕족은 눈 하나 깜짝하지 않고, 얼굴색 한 번 바꾸지 않은 채 그 모든 것을 조용히 들었다. 그리고 가엾은 죄인이 힘이 다해 맥없이 바닥에 쓰러져 침묵에 잠기자, 왕족은 냉혹한 미소를 머금고 돌아서서 성큼성큼 홀을 나가버렸다.

며칠이 지났다. 무시로 쏟아지는 네라냐의 욕설에도 개의치 않고 왕족은 예전보다 더 많은 시간을 거대한 홀에서 보냈으며, 밤에 잠을 자는 일도 잦아졌다. 마침내 네라냐는 왕족에게 저주를 내리고 무례히 구는 것에 지쳐 음울한 침묵 속으로 빠져들었다. 그는 내게 연구 대상이었으므로, 나는 변덕스러운 기분에 따라 매번 바뀌는 그의 표정을 유심히 관찰했다. 전반적으로 그는 비참한 절망에 빠진 상태였으며, 그것을 숨기기 위해 무던히 애쓰고 있었다. 꿈틀거리며 겨우 일어선 자세에서도 감옥의 창살은 그의 머리 위로 삼십 센티미터는 더 높아서 감옥 위로 올라가 돌바닥에 머리를 찧을 수도 없었으므로, 자살이라는 축복도 포기해야 했다. 게다가 그가 굶주림을 선택할 때마저 시종들은 그의 목구멍에 음식을 억지로 집어넣었다. 결국 그는 그런 시도들을 포기해버렸다. 간간이 마음속에서 복수를 상상할 때면 눈빛이 이글거리고 숨결이 거칠어지기도 했다. 그러나 그는 조금씩 조용해지고 유순해졌으며, 내가 말을 걸 때면 기뻐하며 말대꾸도 곧잘했다. 왕족이 어떤 고문을 생각중인지 알 수 없었지만, 아직은 별다른 명령이 내려지지 않았다. 철저한 고문이 계획되고 있음을 눈치 챈 네라냐가 그것을 입에 올리거나 자신의 운명을 한탄하는 일은 없었다. 이런 상황이 무시무시한 절정에 이른 것은 어느 날 밤이었다. 그로부터 몇 년이 흘렀지만 나는 그 일을 떠올릴 때마다 몸서리가 쳐진다.

무더운 밤, 왕족은 발코니 바로 아래에 높은 간이침대를 놓고 잠들어 있었다. 숙소에서 좀처럼 잠을 이루지 못하던 나는 발코니 맞은편 끝의 육중한 커튼이 쳐진 입구를 통해 홀로 슬며시 들어갔다. 홀에 들어갔을 때, 후드득 떨어지는 분수의 물줄기 너머로 기묘하게 숨죽인 소리가 들려왔다. 내가 서 있는 위치에서는 분수의 물줄기에 가려 네라냐의 감옥이 제대로 보이지 않았지만, 그가 묘한 소리를 내고 있다는 생각이 들었다. 한쪽으로 살짝 움직여 어두운 벽의 휘장에 기대고 웅크리자, 희미하게 홀을 비추는 불빛 속에서 그의 모습이 보였고, 곧바로 내 예상이 맞았음을 알았다. 네라냐는 조용히 작업중이었다. 무슨 일인가 더 알고 싶은 마음에, 조금만 실수해도 그가 눈치 챌 거라 조심하면서도 나는 바닥에 깔린 두터운 카펫에 바짝 엎드려 그를 지켜보았다.

참으로 놀랍게도 네라냐는 겉옷처럼 입혀진 주머니를 이로 뜯어내고 있었다. 그의 움직임은 매우 조심스러웠고, 그 와중에도 아래쪽 간이침대에서 깊은 숨을 쉬며 곤히 잠들어 있는 왕족을 예리한 눈길로 줄곧 살폈다. 그는 이로 끈 하나를 잡아 뜯더니 역시 이를 이용해 감옥의 난간에 묶은 다음, 유충이 기어가듯 이리저리 몸을 꿈틀거렸다. 그러자 옷에서 한 올의 끈이 길게 풀어졌다. 옷 전체가 끈으로 완전히 풀릴 때까지, 그는 믿기 어려운 인내와 기술로 똑같은 과정을 되풀이했다. 풀려진 끈 중에서 두세 개를 골라 이와 입술, 혀를 동원해 서로 묶었고, 끈 한쪽을 몸뚱이 밑에 놓고 다른 한쪽을 이로 팽팽히 잡아당김으로써 매듭을 단단히 만들었다. 이런 식으로 몇 미터 길이의 끈이 만들어지자, 입으로 그 한쪽 끝을 난간에 꽉 묶었다. 그때부터 그가 미친 짓을 하는 건 아닐까 하는 의심이 들기 시작했다. 팔 다리가 없는 몸으로는 불가능한 일, 감옥을 탈출하려는 것인가! 무엇 때문에? 아! 왕족이 홀에 잠들어 있잖은가! 나는 숨을 죽였다.

그는 묶여진 다른 끈으로 감옥 한쪽 면을 가로질러 짧은 그네줄을 만들었다. 그는 창살에서 가까이 놓인 긴 줄을 이로 물고, 똑바로 선 자세가 되도록 기를 썼다. 등을 창살에 대고 턱을 그네줄에 올려놓더니 한쪽 끝을 향해 움직였다. 그네 줄에 올려놓은 턱에 힘을 꽉 준 상태에서 난간에 기댄 등 밑 부분을 이용해 조금씩 감옥을 올라가기 시작했다. 몹시 힘든 과정이었으므로, 그는 중간 중간 멈추어야 했고 숨결이 거칠어졌으며 고통스러워했다. 그렇게 쉬는 동안에도 그는 극도로 경직된 자세를 취했다. 그네줄에 턱을 대고 있었으므로 숨통이 조여 거의 질식할 상태였다.

기막힐 정도의 분투 끝에 몸뚱이의 밑 부분이 창살에 걸칠 정도로 올라설 수 있었고, 감옥의 천장은 이제 복부 밑쪽을 지나는 위치에 있었다. 그는 조금씩 몸을 뒤쪽으로 움직여 창살에 충분히 무게를 실었다. 그러고는 단숨에 머리와 어깨를 들어 올리면서 지붕 난간의 평평한 지점으로 몸을 흔들었다. 물론 이로 물고 있는 끈이 없었다면 바닥으로 떨어졌을 것이다. 철저하리만큼 그는 자신의 입과 창살에 고정된 줄 사이의 거리를 정확히 측정해냈다. 그가 난간의 수평 지점에서 멈출 수 있을 만큼 끈의 길이는 절묘하게 맞아떨어졌다. 그가 방금 성공한 재주에 대해 누군가 그 전에 말했더라면, 나는 그 사람을 얼간이라고 생각했을 것이다.

네라냐는 이제 맨 위 창살에 배를 대고 균형을 잡았다. 등뼈를 구부리고 몸의 양쪽을 가능한 밑으로 늘어뜨린 채 자세를 편히 했다. 그렇게 몇 분 동안 휴식을 취한 후, 그는 이 사이의 줄을 천천히 놓으면서 조심스럽게 뒤쪽으로 미끄러졌다. 그러나 매듭 부분을 이 사이로 통과시키기는 거의 불가능해 보였다. 그만의 절묘한 계획이 아니었다면, 이의 힘을 조금만 빼도 줄을 완전히 놓쳐버리는 상황이었다. 그 절묘한 계획이란, 그네 줄에 턱을 대기 전에 목에 줄을 한 바퀴 감음으로써, 문 줄과 목에 감은 줄과 그 줄을 뺨과 어깨 사이로 압착하여 삼중으로 줄을 통제하는 것이었다. 실천에 옮기기에 앞서 가장 정교한 계획을 하나하나 세밀히 구상하고, 아마 몇 주에 걸쳐 그 어려운 이론적인 구상을 마음속으로 준비하는 데 몰두했음이 분명했다. 나는 그를 지켜보는 동안 지금까지는 납득할 수 없던 일, 즉 그가 지난 몇 주간 해왔을 일들을 떠올렸다. 그는 불가능에 가까운 동작을 연습하고, 힘겨운 과정을 대비해 근육을 단련시켜왔음이 분명했다.

그는 불가능해 보이는 엄청난 과정 하나를 완수한 셈이었다. 그가 무사히 바닥에 닿을 수 있을까? 그는 추락할지 모르는 아슬아슬한 위험 속에서 조금씩 창살을 미끄러져 뒤쪽으로 움직였다. 그러나 주저하는 빛이라고는 전혀 없었고, 눈에서는 놀라운 빛이 번뜩였다. 등을 획 젖혀 몸뚱이를 맨 바깥쪽 창살로 넘겼고, 그 창살에 괸 턱과 입에 단단히 문 줄로 몸을 지탱했다. 그는 천천히 창살에서 턱을 떼고, 입에 문 줄 하나로만 매달렸다. 거의 눈에 띄지 않는 섬세함과 상상을 초월하는 신중함으로 그는 줄을 내려왔고, 망가진 몸뚱이를 바닥에 굴렸다. 무사히, 조금도 다치지 않고서!

그 초인적인 괴물이 과연 다음에 선보일 기적은 무엇일까? 나는 곧바로 마음을 다잡고, 여차하면 위험한 행동을 제지하기 위해 만반의 태세를 갖추었다. 그러나 위험한 상황이 생길 때까지 나는 그 비범한 장면을 방해할 생각이 없었다.

네라냐가 잠든 왕족이 아니라 다른 쪽으로 방향을 잡는 모습에 내가 얼마나 놀랐던지 고백해야겠다. 그렇다면 결국 그 가엾은 인물은 왕족을 죽이는 것이 아니라 그저 탈출할 생각이었나?

그러나 어떻게 탈출한단 말인가? 큰 위험을 무릅쓰지 않고 바깥세상으로 나갈 수 있는 유일한 방법은, 계단을 올라 발코니로 간 다음 거기에서 위층으로 연결된 통로를 따라가서, 그를 숨겨줄 만한 영국 병사의 손에 떨어지는 것뿐이었다. 그러나 네라냐가 긴 계단을 올라간다는 것은 불가능하지 않은가! 그럼에도 그는 곧장 계단을 향해 갔는데, 그 움직이는 방법은 이랬다. 몸뚱이의 밑 부분은 계단 쪽으로 향한 후 등을 대고 바닥에 누웠다. 그런 다음, 등을 위로 구부려서 머리와 어깨를 조금 앞쪽으로 잡아당겼다. 그리고 힘껏 몸뚱이 끝을 밀어서 머리를 잡아당긴 거리만큼 앞으로 움직였다. 그는 그 동작을 매번 수없이 반복해나갔다. 앞으로 나가는 일은 힘겹고 더뎠지만 훌륭한 선택이었다. 마침내 그는 계단 밑에 다다랐다.

계단을 오르려는 미친 짓이 그의 목적임이 확연해졌다. 마음속 깊이 자유를 향한 갈망이 얼마나 강렬했을까! 그는 꿈틀거려 계단 기둥에 기대고 일어선 자세를 취한 뒤, 올라가야 할 엄청난 높이를 올려다보다 한숨지었다. 그러나 그의 눈빛은 사그라지지 않았다. 그가 과연 그 불가능한 일을 해낼 수 있을까?

지금까지의 과정과 마찬가지로, 그가 택한 방법은 무모하고 위험했지만 매우 단순한 것이었다. 계단 기둥에 기대선 상태에서 제일 아래 계단에 대각선으로 쓰러짐으로써 옆으로 반쯤, 그러나 안전하게 계단 위에 걸칠 수 있었다. 그리고 몸을 돌려 꿈틀대며 계단을 따라 난간으로 향한 다음, 계단 기둥에 기댔던 것처럼 난간을 의지해 몸을 세웠다. 그렇게 처음처럼 몸을 쓰러뜨려 두 번째 계단에 올라갔다. 변함없이 엄청난 노력으로 그는 계단을 올라가는 데 성공했다.

네라냐의 목표가 왕족이 아님은 분명해 보였으므로 나는 혹시나 하던 걱정을 완전히 버릴 수 있었다. 그가 이미 성공한 일들은 풍부한 상상력마저 넘어서는 것이었다. 내가 그 가련한 사내에게 늘 품어 왔던 연민이 순식간에 되살아났고, 탈출에 성공할 확률이 극히 적다는 것을 알면서도 나는 그가 성공하기를 빌었다. 그러나 당연히 어떤 도움도 줄 수 없었고, 내가 탈출 과정을 지켜보았다는 사실도 절대 알려져서는 안 되었다.

네라냐는 이제 발코니 위에 있었는데, 나는 발코니 위층으로 난 문 쪽으로 그가 꿈틀거리며 움직이는 모습을 어렴풋이 보고 있었다. 이윽고 그는 멈춰 서더니 꿈틀꿈틀 일어서서 간격이 넓은 난간을 골라 거기에 기대었다. 나를 향해 등진 상태였지만, 그는 천천히 돌아서서 나와 홀을 정면으로 마주보았다. 꽤 먼 거리였으므로 나는 그의 표정을 볼 수 없었지만, 이미 계단을 오르기 전부터 더딘 움직임으로 보아 거의 탈진한 상태임이 확실했다. 오로지 절박한 의지 하나만으로 지금까지 버텨온 그는 이제 마지막 힘을 모으고 있었다. 그는 재빨리 홀 안을 둘러본 다음, 육 미터 바로 아래 잠들어 있는 왕족을 내려다보았다. 오랫동안 진지하게 바라보다가 그는 조금씩, 조금씩 난간을 따라 몸을 낮추었다. 돌연, 내가 꿈도 꾸지 못한 놀랍고 당혹스러운 일이 벌어졌다. 그는 난간에서 곧장 아래로 몸을 던져버렸다! 그가 아래 돌바닥에 떨어졌을 거라는 생각에 나는 숨이 막혔다. 그러나 그는 바닥에 놓인 간이침대를 겨냥해 왕족의 가슴으로 돌진하고 말았다. 나는 도와달라고 울부짖으며 뛰쳐나갔고, 곧바로 참사의 현장에 다다랐다. 형용할 수 없는 공포 속에서 나는 왕족의 목구멍에 박힌 네라냐의 이를 보았고, 그를 떼어놓았다. 그러나 왕족은 동맥에서 피가 뿜어지고, 가슴은 으깨져 함몰된 상태로 죽음의 고통 속에서 숨을 헐떡이고 있었다. 사람들이 겁에 질려 달려왔다. 나는 네라냐를 바라보았다. 바닥에 등을 대고 누워 있는 그의 얼굴은 끔찍하리만큼 선혈이 낭자했다. 탈출이 아니라 살인, 그것이 처음부터 그의 목적이었다. 그리고 그는 도저히 불가능한 방법만으로 목적을 달성한 것이다. 내가 그의 곁에 무릎을 꿇고 앉았을 때, 그도 죽어가고 있었다. 추락으로 인해 등뼈가 부러져 있었다. 그는 내 얼굴을 바라보며 기분 좋게 웃었는데, 죽는 순간에도 그의 얼굴에는 복수에 성공했다는 의기양양함이 묻어 있었다.

세 번째 기묘

소모된 남자

부가부족과 키카푸족이 벌인 최근의 전투

The Man that was Used Up – A Tale of the Late Bugaboo and Kickapoo Campaign by Edgar Allan Poe

울어라, 울어라, 눈이여! 철철 울어라!

내 삶의 반이 나머지 반을 죽게 했으니.

— 피에르 코르네유

(프랑스의 시인이자 극작가, 《르 시드Le Cid》에서 — 옮긴이 주)

언제 어디서 그토록 잘생긴 존 A. B. C. 스미스라는 퇴역 육군 장군을 처음 만났는지는 기억나지 않는다. 누군가가 그 신사에게 나를 소개해주었는데—분명 모처에서 열린 매우 중요한 공개 석상이었다—지금까지 그 이름을 잊고 지냈다니 정말 기이한 일이다. 소개받을 당시 나는 시간과 장소를 정확히 기억할 수 없을 정도로 경황이 없었던 것이 사실이다. 체질적으로 신경이 과민한 것이 집안 내력이니 어쩔 도리가 없다. 특히 조금이라도 수상쩍기만 하면—어느 정도라고 정확히 말하기는 어렵지만—곧바로 비참한 흥분 상태에 빠져든다.

그 사람의 모든 면면에는 비범한 무엇—내가 생각하는 바를 제대로 전달하기에는 너무 빈약한 표현이지만—이 있었다. 그는 일 미터 팔십 센티미터 정도의 키에 더없이 당당한 풍모를 지녔다. 몸 구석구석에 스며든 기품은 고매한 인품을 말해주며 고귀한 태생을 드러내주었다. 스미스 장군의 용모에 대해 자세히 말하다보면 우울한 만족 같은 것을 느끼게 된다. 고대 로마의 브루투스와 견줄 만한 머리칼은 더없이 풍만했고 눈부시게 빛났다. 기막힌 구레나룻은 칠흑 같은 검은 색 같으면서도, 딱히 뭐라고 표현할 수 없는 색깔이었다. 그의 구레나룻에 내가 얼마나 감격해하는지 누구든 눈치 챌 수 있을 것이다. 지상에서 그처럼 멋들어진 구레나룻은 없다고 해도 과언이 아니다. 여하튼 그 구레나룻에 에워싸여 일부가 그 그늘에 가려진 입도 기막히게 아름다웠다. 그곳에 세상에서 가장 가지런하고 가장 눈부신 희디흰 치아가 있었다. 치아 사이로 매번 적절한 때를 맞춰 지극히 맑고 아름다우며 힘 있는 목소리가 흘러나왔다. 눈 역시 타고났다고 할 수밖에 없다. 일반적인 시각 기관으로서의 가치도 충분했다. 두 눈은 짙은 갈색에 아주 크고 빛났으며, 이따금씩 말을 대신한 모호한 눈빛은 상대방의 흥미를 끌기에 충분했다.

장군의 상반신은 내가 본 사람 중에서 가장 훌륭했다. 누구라도 그 놀라운 균형감에서 흠을 찾아낼 수는 없을 것이다. 훌륭한 상반신은 양어깨를 매우 도드라져 보이게 했는데, 행여 아폴론의 대리석상보다 못하다고 생각하다가는 계면쩍어질지 모른다. 나는 그 어깨에 반했으며, 그때까지 그처럼 완벽하게 조화를 이룬 어깨를 본 적이 없다고 말해도 좋다. 두 팔의 생김새는 감탄을 자아냈다. 하체 역시 결코 뒤떨어지지 않았다. 실제로 훌륭한 다리의 극치였다. 그 분야의 전문가들 역시 그의 다리를 보고 훌륭하다고 인정했다. 살이 너무 많거나 적지도 않았으며, 너무 단단하거나 약하지도 않았다. 그처럼 우아한 허벅지의 곡선은 본 적이 없으며, 종아리와 살짝 튀어나온 장딴지는 정말 알맞은 조화를 이루고 있었다. 재능 있는 젊은 조각가이자 친구인 치폰치피노 역시 퇴역 육군 장군 존 A. B. C. 스미스의 다리를 봤어야 했다.

그 정도로 탁월한 외모의 남자가 건포도와 검은 딸기만큼 많지는 않겠지만, 여전히 내가 지금 말하려는 탁월한 무엇—그에게서 느껴지는 형언하기 어려운 묘한 분위기—이 타고난 신체적 장점에 완전히 녹아 있는지 아니면 전혀 그렇지 않은지는 솔직히 장담할 수 없다. 어쩌면 그의 태도 때문은 아닐까 하고 생각하지만, 그것 역시 확신하기는 어렵다. 그의 몸가짐은, 말하자면 절도 있는 정확한 몸놀림은 뻣뻣하다기보다 좀더 작은 체구에서 눈에 띄기 쉬운 꼼꼼함에 더 가까운데, 그로 인해 오히려 겉치레, 거드름, 거북함의 기색이라곤 전혀 없는, 명실 공히 신사, 그러니까 과묵하고 오만한 사내와 당당한 풍채의 위엄에 딱 어울리는 느낌을 주기 때문이었다.

그 친절한 친구는 스미스 장군에게 나를 소개해주면서 장군에 대해 몇 마디 속삭였다. 아주 대단한 사람이라고, 이 시대의 뛰어난 사람 중에서도 단연 최고라고 말이다. 명성이 자자한 용맹성 때문에 특히 여자들에게 인기 만점이라고 말이다.

"인기는 타의 추종을 불허하지. 물불 안 가리는 무법자야. 진짜 용사지." 친구는 갑자기 목소리를 죽이고 은밀한 말투로 나를 안달하게 만들었다.

"타고난 용사가 틀림없어. 최근에 멀리 남부에서 부가부족과 키카푸족이 벌인 늪지 대전투에 대해 듣고 나면 무슨 말인지 알게 될 거야." (이 부분에서 친구는 눈을 휘둥그레 치켜떴다.) "아, 그야말로! 그 유혈과 폭력, 말로는 다 못 하지! 그 용맹성하며! 물론 자네도 들어봤겠지? 저 사람은 말이야…." (부가부족은 포가 만들어낸 허구의 인디언 종족이지만, 키카푸족은 실제 인디언 종족으로 1838년 텍사스 주와 전투를 벌였다. 이 전투는 포가 이 작

품을 집필할 때까지 계속되어 집필 동기에 영향을 미쳤다고 알려져 있다—옮긴이주)

“허허, 처음 뵙겠소. 안녕하시오, 만나서 반갑소. 진심으로!” 때마침 끼어든 장군이 친구를 잡아끌며 나를 향해 허리를 약간 숙였는데 뻣뻣하긴 했지만 진심 어린 인사였다. 그 순간 (지금까지도) 그처럼 힘 있는 목소리와 가지런한 치아를 대한 것은 난생 처음이었다. 하지만 친구의 소곤거림과 암시 때문에 부가부족과 키카푸족의 전투 영웅에 대해 한창 흥미가 동하던 터라 하필 그때 그가 끼어든 것이 아쉬웠다.

그러나 퇴역 장군 존 A. B. C. 스미스의 아주 유쾌하고 재치 있는 달변은 나의 아쉬움을 이내 말끔히 사라지게 했다. 친구는 곧 자리를 떴고, 우리는 단둘이 꽤 오랜 시간 이야기를 나눴는데 즐거웠을 뿐 아니라 배울 점이 많았다. 그처럼 언변이 유창하고 박학다식한 사람은 처음이었다. 그는 정도껏 겸손했으며, 당시 내가 가장 알고 싶었던 화제—부가부족 전쟁에 참전하게 된 미묘한 상황—를 얼버무리며 지나갔다. 내가 생각해도 그 말은 꺼내지 않는 편이 좋겠다는 생각이 절로 들긴 했지만, 그렇게 유도한 셈이라고 해야 옳았다. 또한 그 용감한 군인은 철학적인 화제를 더 좋아하고, 특히 급속한 기계의 발명과 발전에 대해 언급하면서 즐거워했다. 실제로 내가 하고 싶은 이야기를 말하다가도 어느 틈엔가는 기계의 발명과 발전이라는 화제로 되돌아왔다.

"이런 일이 또 어디 있겠소. 우리는 놀라운 시대에 살고 있는 놀라운 사람들이란 말이오. 낙하산과 철도, 게다가 사출 장치에 용수철 총까지! 증기선이 바다 구석구석을 누비고, 나소 열기구가 정기적으로 런던과 팀북투를 오가는데 운임이 고작 오 파운드밖에 되지 않소(나소 열기구는 복스홀에서 만든 것으로 실제로 운행을 했다고 한다—옮긴이주). 또한 사회 생활과 예술, 상업, 문학에 미친 영향을 누가 상상이나 했겠소! 전자기의 위대한 원리가 만들어낸 결과를 목전에 두고 있소. 장담하건대 그게 다가 아니오! 발명의 행진에 끝이란 없소. 덧붙이자면, 성함이 톰, 톰슨 씨, 맞나요? 가장 놀랍고 독창적이며, 가장 유용하고 진정으로 쓸모 있는 기계 장치들이 버섯처럼, 적당한 예일지 모르겠지만, 비유를 하자면, 아, 그래요, 메뚜기, 메뚜기처럼, 톰슨 씨, 우리 주변에, 음, 그래요, 매일매일 생겨나고 있지요!"

내 이름은 분명 톰슨이 아니었다. 그러나 스미스 장군과 헤어질 무렵, 인물 자체와 설득력 있는 그의 고견, 우리가 기계 발명의 시대에 살며 누리는 유용한 특혜에 대해 깊은 관심과 감명을 느꼈음은 두 말할 나위가 없다. 그럼에도 내 호기심은 완전히 충족되지 않아서 곧바로 스미스 장군과 개인적인 왕래가 있는 사람들을 상대로 특히 그가 혁혁한 전과를 거두었다는 부가부족과 키카푸족 전투 당시 벌어진 사건에 대해 자세히 탐문하기 시작했다.

내가 주저 없이 (전율을 느끼며) 붙잡은 첫 번째 기회는 드럼멈프 박사가 설교하는 교회에서 자연스럽게 찾아왔는데, 어느 일요일 예배에 참석했다가 신도석에, 그것도 바로 옆자리에 믿을 만한 정보통이자 평소 알고 지내던 타비다 T. 양과 앉게 된 것이다. 의외로 일이 잘 풀린 것 같아 속으로 쾌재를 불렀다. 퇴역 장군 존 A. B. C. 스미스에 대해 뭔가 알고 있는 사람이 있다면, 그건 바로 타비다 T.라고 확신했기 때문이다. 우리는 몇 차례 눈짓을 주고받은 뒤, 목소리를 낮추고 밀담을 나누기 시작했다.

"스미스!" 아주 솔직한 내 질문을 듣고 그녀가 답했다. "스미스! 물론, 존 A. B. C. 장군을 말하는 거겠죠? 어머나, 당신은 이제 그분에 대해 속속들이 알게 됐네요! 이 놀라운 발명의 시대에 말이죠! 얼마나 무시무시한 일이람! 야비하고 잔악한 키카푸 족속들! 영웅처럼 싸운, 완벽한 용사! 그 불멸의 명성. 스미스! 퇴역 장군 존 A. B. C.! 어머, 당신은 알 거예요, 그 사람!"

"사람." 갑자기 드럼멈프 박사가 설교단을 두드리며 목청껏 소리치는 말이 귓가에 들려왔다. "사람, 여인에게서 태어나 짧은 생을 사신 분. 세상에 나서 한 떨기 꽃처럼 꺾인 분 말입니다!" 나는 신도석 앞쪽을 바라보았고, 우리의 속삭임 때문에 설교에 방해를 받고 격분해 있는 표정을 알아챘다. 나는 무안한 표정을 지어보인 후, 그 중대한 설교에 걸맞게 묵직한 침묵의 수난을 견디며 귀를 기울이는 수밖에 달리 방법이 없었다.

다음 날 저녁 늦게 나는 궁금증을 풀 수 있으리라 확신하고 랜티폴 극장에 들러, 사근사근함과 박식함의 전형인 애러벨라와 밀랜더 코뇨센티 양이 있는 칸막이 좌석으로 걸어 들어갔다. 훌륭한 비극 배우 클라이맥스가 셰익스피어의 〈오셀로〉에 나오는 이아고 역을 맡아 꽉 들어찬 관중 앞에서 열연을 펼치고 있어서 그들에게 궁금증을 설명하는 데 약간의 어려움이 있었다. 게다가 좌석이 무대의 측면 쪽이라 공연이 눈에 훤히 들어왔다.

"스미스!" 애러벨라 양이 내 질문의 의미를 깨닫고 말했다. "스미스? 물론, 존 A. B. C. 장군을 말하는 거겠죠?"

"스미스!" 밀랜더는 골몰한 표정으로 내게 반문했다. "어머나, 그분보다 훌륭한 사람을 본 적 있어요?"

"그럴 리가 있나요, 부인. 하지만 제게 좀 말해주셨으면…."

"그럼 그분보다 고귀한 분은?"

"없습니다, 맹세코! 하지만 부탁이니, 제게 말씀 좀…."

"무대 효과에 대해서 말인가요?"

"부인!"

"아니면, 셰익스피어의 진정한 아름다움에 대한 좀더 섬세한 느낌? 그야 물론, 그분의 다리를 보는 것처럼 훌륭하죠!"

"빌어먹을!" 나는 그녀의 동생 쪽으로 돌아앉았다.

"스미스!" 그녀는 말했다. "물론 존 A. B. C. 장군을 말씀하시는 거겠죠? 정말 무시무시하지 않나요? 비열한 부가부 족속들, 정말이지 야만스럽죠. 하지만 우리는 이 놀라운 발명의 시대에 살고 있잖아요! 오, 그럼요! 위대한 분이죠! 물불을 안 가리는 무법자, 불멸의 명성, 완벽한 용사! 세상에 단 한 분! (이 대목에서 비명 소리로 넘어갔다.) 어머나! 물론, 그분은…."

> "…합환채를 먹어도,
> 세상의 어떤 수면제를 먹어도,
> 어제까지처럼 편안하게 자지는 못할걸!"
> (〈오셀로〉 3막 3장에서 이아고가 무어에게 하는 말 — 옮긴이주)

그때 클라이맥스의 으르렁거림이 내 귓가에 파고들었고, 연신 나를 향해 들썩이는 그의 주먹을 보자 나는 참을 수 없었고 그럴 마음조차 나지 않았다. 자리를 박차고 나와 곧장 무대 뒤로 가서 그 거지 같은 불한당에게 죽는 날까지 실패만 맛보라고 악담을 했다.

저녁 파티에서 아름다운 미망인 캐슬린 오트럼프 부인을 만났을 때, 나는 지금까지의 실망과는 다를 거라고 확신했다. 그래서 주저 없이 그녀와 얼굴을 마주하고 카드놀이용 탁자에 앉자마자 내가 평온해지려면 꼭 해결해야 할 궁금증을 털어놓았다.

"스미스!" 상대방은 말했다. "물론 존 A. B. C. 장군을 말하는 거겠죠? 정말 무시무시하지 않나요? 카드는 다이아몬드 패로 하실 건가요? 정말이지 비열한 족속들이죠, 키카푸족! 괜찮다면 휘스트(브리지와 비슷한 카드놀이의 일종—옮긴이주)를 했으면 좋겠어요, 태틀 씨. 하지만 지금은 발명의 시대, 가장 뛰어난 시대랍니다. 불어 할 줄 아시죠? 오, 정말 영웅이죠. 물불을 안 가리는 무법자! 봐주는 법이 없죠. 안 그래요, 태틀 씨? 도저히 믿을 수 없답니다! 그 불멸의 명성! 완벽한 용사! 세상에 단 한 사람! 어머나, 물론 그 남자는…."

"맨? 맨 선장 말이죠!"(앞에서 캐슬린 오트럼프 부인이 남자man라고 한 말을 듣고 다른 여성이 '맨' 선장이라는 실존 인물을 떠올린 것. 맨 선장은 실제 이 작품에 언급되는 키카푸족의 전투에 참전했던 인물로 알려져 있다—옮긴이주) 갑자기 맞은편 구석에서 여자의 목소리가 들려왔다. "맨 선장의 싸움 얘기를 하고 있었군요? 오, 잠자코 들을 테니, 얘기 계속 나누세요, 오트럼프 부인. 계속 하시라니까요!" 그래서 오트럼프 부인은 맨 선장이 총살을 당했는지 교수형을 당했는지, 아무튼 둘 중에 하나임이 분명한 이야기를 지껄이기 시작했다. 맙소사! 오트럼프 부인이 계속 그 이야기를 하는 바람에 나는 자리를 떠났다. 그날은 더 이상 퇴역 장군 존 A. B. C. 스미스에 대한 이야기를 들을 기회가 없었다.

그러나 나는 불운이 계속되지는 않으리라 스스로를 위로하며, 매혹적이고 고상한 작은 천사 피루엣 부인에게 단도직입적으로 물어볼 생각이었다.

"스미스!" 나와 함께 파 드 제피르 풍의 춤을 추면서, 피루엣 부인이 말했다. "스미스? 물론 존 A. B. C. 장군을 말하는 거겠죠? 부가부족 전투는 정말 끔찍하지 않나요? 정말 끔찍한 인디언들 같으니! 발끝을 뒤로 빼지 말아요! 춤을 정말 못 추시네요. 위대하고 가련한 분이죠! 하지만 지금은 놀라운 발명의 시대잖아요. 오, 제발, 숨을 못 쉬겠어요. 물불을 안 가리는 무법자, 완벽한 용사, 세상에 단 한 사람! 정말 믿을 수가 없군요. 일단 자리에 앉아서 당신의 무지를 좀 깨우쳐 줘야겠어요. 스미스! 물론, 그 남자는…."

"맨프레드, 그 말이죠!" 내가 피루엣 부인과 함께 자리로 돌아오는데, 바스블뢰 양이 소리쳤다. "들어보신 분 있어요? 맨프레드 말이에요. 맨프라이데이가 아니라고요." 바스블뢰 양은 안하무인격으로 내게 가까이오라고 손짓 했다. 좋든 싫든 바이런 경이 쓴 극시의 제목을 놓고 결판을 내기 위해 피루엣 부인 곁을 물러나야 했다. 나는 다짜고짜 바른 제목은 맨프레드가 아니라 맨프라이데이라고 쏘아붙이고, 피루엣 부인을 찾아 돌아섰지만 그녀는 보이지 않았다. 결국 나는 바스블뢰 가문에 쓰디쓴 앙심까지 느끼며 그곳에서 나오고 말았다(맨프레드는 바이런의 유명한 극시이고, 맨프라이데이는 다니엘 디포의 〈로빈슨 크루소〉에 등장하는 원주민 노예. 화자는 바스블뢰 양이 끼어든 것이 화가 나 바이런 극시의 제목을 틀리게 알려주었다—옮긴이주).

문제가 심각한 양상으로 바뀌는 것 같아 곧장 특별한 친구 테오도어 시니벳을 찾아갔다. 그 친구에게서라면 적어도 분명한 정보를 얻을 수 있을 거라고 판단했기 때문이다.

"스미스!" 그는 예의 그 독특한 발음으로 말했다. "스미스! 존 A. B. C. 장군을 말하는 거지? 키카포오오스 전투는 정말 격렬했잖나? 어때, 자네 생각은? 물불 안 가리는 무우법자, 정말 안됐어. 존경스러운 분이지! 정말 놀라운 시대! 완벽한 요옹사! 그건 그렇고, 자네, 매애앤 선장에 대해 들어봤나?"

"맨 선장은 주욱었잖아!" 나는 말했다. "제발 얘기 좀 계속 해보게."

"흠! 좋아! 스미스? 퇴역 장군 존 A. B. C. 말이지? (이때 시니벳은 손가락을 코에 대고 생각에 잠겼다.) 자네, 지금 진심으로 양심의 거리낌 없이 나만큼 스미스 씨의 사건을 모르고 있다고 말하는 건가? 맙소사, 그분은 물론….”

“시니벳.” 나는 애원조로 말했다. “가면을 쓴 사람인가?”

“아, 아니!” 그는 교활한 표정으로 말했다. “다아알 나라 사람도 아니지.”

그 말은 나에게 상당한 모욕을 느끼게 했고 나는 격분한 채 그 집을 빠져나왔다. 나는 앞으로 시니벳을 비열하고 혈통이 나쁜 인간으로 기억하겠다고 굳게 마음먹었다.

반면 내가 원하는 정보를 얻는 데 계속 방해를 받고 있다는 생각은 전혀 하지 못했다. 아직 한 군데 남은 곳이 있기는 했다. 그곳으로 갈 생각이었다. 장군을 직접 만나서 그 지긋지긋한 수수께끼를 풀어달라고 요구할 생각이었다. 이번에는 대충 얼버무리는 일도 없어야 할 것이었다. 부서지기 쉬운 파이 껍질처럼 위태롭게, 타키투스나 몽테스키외처럼 간결하고 단호하고 그리고 분명하게 말할 작정이었다.

나는 이른 시간에 장군을 방문했고, 장군은 옷을 갈아입는 중이었다. 그러나 아주 급한 일이라 당장 침실에서라도 만나야 한다고 늙은 흑인 하인에게 말했다. 침실에 들어갔을 때, 방 안을 둘러보았지만 그를 쉽게 찾을 수 없었다. 발치에 아주 기묘하게 생긴 커다란 꾸러미 같은 것이 놓여 있었는데, 기분이 썩 좋은 상황이 아니었으므로 나는 거치적거리는 그것을 발로 차버렸다.

“흠! 흠! 예의를 좀 지켜야겠소!” 꾸러미에서 소리가 흘러나왔다. 가장 작은, 생쥐 울음인지 새소리인지 분간이 되지 않을 만큼 기이한 소리였으며, 내 평생 그런 소리는 처음이었다.

“에헴! 좀 예의를 지키라고 말했소.”

나는 공포에 사로잡혀 비명을 지르며 방 한구석으로 뒷걸음질쳤다.

“허허참, 이봐요, 친구 분!” 꾸러미에서 다시 새된 소리가 흘러나왔다. “대체, 대체, 대체, 뭐가 문제요? 나를 전혀 알아보지 못하는 것 같소만.”

대체 내가 무슨 말을 할 수 있었겠는가? 나는 비틀거리며 안락의자에 앉아 휘둥그레진 눈과 벌어진 입으로 그 기이한 상황을 이해하려고 애썼다.

“나를 못 알아보니, 정말 이상한 일 아니요?” 정체불명의 목소리가 다시 물었을 때, 나는 바닥에 놓인 꾸러미에 뜻밖의 변화가 있음을 깨달았다. 꾸러미는 다리와 비슷한 모양으로 변해 있었다. 그러나 겉보기에는 다리 한쪽만 달랑 놓여 있는 것 같았다.

“나를 못 알아보니, 정말 이상한 일 아니오? 폼페이, 다리를 가져다주게!” 폼페이가 이미 옷이 입혀진 코르크 다리를 건네자, 순식간에 나사가 돌아가는 것 같았다. 그러고는 눈앞에 벌떡 뭔가 일어서는 것이었다.

“정말 끔찍한 일이었어.” 물체는 혼잣말처럼 말했다. “그러나 누군가는 부가부족, 키카푸족과 싸웠어야 해. 가발에 빗질 좀 해 주게, 폼페이. 그리고 (나를 바라보며) 토머스 씨, 저기 있는 팔을 갖다주면 고맙겠소. 코르크 다리에 제격이지. 하지만 친구 분, 나중에 팔이 필요하다면 비숍 제품을 권하겠소.” 폼페이는 팔에 나사를 죄고 있었다.

“요즘 날씨가 좀 더운 것 같소. 자, 노인네, 이제는 어깨와 가슴을 살살 끼워주게. 가장 좋은 어깨는 페팃 제품이지만 가슴은 두크로 것을 쓰시오.”

“가슴!” 나는 말했다.

“폼페이, 가발은 아직도 준비가 안 됐나? 하긴 가죽 다듬는 일이 어렵긴 하지. 그래도 드 로르메 제품만큼 최고급 가발도 없을 거요.”

“가발!”

“자, 검둥이 놈, 이를 줘! 괜찮은 것으로 치아 한 짝 구입하려면 당장 파르밀리 상점으로 가는 게 좋소. 가격은 비싸지만 효능이 그만이오. 부가부족 덩치 한 놈이 개머리판으로 후려치는 바람에 아주 좋은 치아 몇 개를 삼켜버렸다오.”

“개머리판! 후려쳤다고요! 이런 세상에!”

“사실이오. 그건 그렇고, 이런 세상에 눈이 여기에 있군. 폼페이, 망나니 같으니, 눈알을 끼워 줘야지! 키카푸족들은 눈알을 후벼 팔 때만큼은 아주 빠른 편이오. 하지만 윌리엄 박사의 솜씨는 기가 막히지. 그 사람이 만든 눈알로 얼마나 잘 볼 수 있는지 아마 당신은 상상도 못할 거요."

나는 그제야 눈앞에 있는 물체가 다름 아닌 퇴역 장군 존 A. B. C. 스미스라는 사실을 분명하게 깨닫기 시작했다. 폼페이가 일을 다 끝내자, 솔직히 말해서, 그는 완전히 다른 사람으로 변해 있었다. 그러나 목소리는 여전히 내게 풀리지 않는 수수께끼였다. 그러나 그 의문도 잠시 후에 말끔히 해결되었다.

"폼페이, 이 검둥이 놈." 장군은 빽 하고 소리를 질렀다. "입천장도 없이 밖에 나가라는 말이냐."

그러자 흑인은 죄송하다고 투덜거리며 기수가 말에게 하듯 척척 알아서 그의 입을 벌리고는 아주 독특하게 생긴 기계를 능숙하게 끼워 넣었지만, 나로서는 도무지 이해할 수 없는 일이었다. 그러나 곧바로 장군의 얼굴 표정이 놀랄 만큼 급변했다. 그가 다시 말을 하자 우리가 처음 만났을 때처럼 아름답고 힘 있는 목소리가 들려왔다.

"불한당 같은 놈들!" 갑자기 변한 맑은 목소리에 나는 깜짝 놀랐다. "불한당 같은 놈들! 놈들은 내 입천장을 짓이기는 것으로도 모자라, 혀를 거의 다 잘라가버렸소. 하지만 미국에서 가장 뛰어나다는 본팬티의 입천장은 말대로 정말 훌륭한 제품이오. 내가 자신 있게 권할 수 있소. (장군은 허리를 약간 굽혔다.) 좋은 걸 권하는 것도 내게는 커다란 즐거움이지요."

나는 최대한 예의를 차려 그의 친절에 감사를 전했다. 그리고 오래도록 나를 괴롭혀온 수수께끼와 사건의 전말을 모두 알아차리고서 곧장 그에게 작별을 고했다. 분명했다. 명백한 일이었다. 퇴역 장군 존 A. B. C. 스미스는 소모(消耗)된 남자였다.

네 번째 기묘

새녹스 사건

The Case of Lady Sannox by Arthur Conan Doyle

저명한 더글러스 스톤이 회원으로 있는 과학 협회뿐 아니라 악명 높은 새녹스 부인이 재기발랄한 구성원으로 있는 사교계 쪽에도 두 사람의 관계가 파다하게 소문났다. 사정이 이렇다 보니, 어느 날 아침 새녹스 부인이 영원한 은둔자가 되어 다시는 세상에 나타나지 않을 거라는 소식이 전해졌을 때 세간의 이목이 집중된 것은 당연했다. 그 소문에 꼬리를 물고, 강심장을 소유한 저명한 외과 의사가 침대 한쪽에서 한쪽 엉덩이로 두 다리를 살포시 깔고 앉아 머리에 커다란 모자를 쓴 채 달콤한 미소를 머금고 있더라는 그 집 심부름꾼의 말이 전해지면서 신경이 닳고 닳은 사람들도 감당하지 못할 만큼 일대 센세이션이 일었다.

한창때의 더글러스 스톤은 영국에서 가장 주목받는 남자 중한 사람이었다. 사실 소동이 벌어졌을 당시 그의 나이가 서른아홉이었음을 감안할 때 제대로 전성기를 누리지도 못했다고 해야 옳을 것이다. 그를 가장 잘 아는 사람들은, 그가 대단한 명성을 누리고 있는 외과의사라는 직업 외에 다른 어떤 분야를 택했더라도 대단한 성공을 거두었을 거라고 장담했다. 군인, 탐험가, 법조인, 돌과 쇠를 다루는 기술자, 그 분야가 무엇이든 그는 최고의 역량을 발휘하고 명성을 얻었을 거란 얘기였다. 다른 사람이 감히 할 수 없는 것을 계획하고, 다른 사람이 감히 계획할 수 없는 것을 해냈으므로, 타고날 때부터 그는 위대한 인물이었다. 의사로서 그와 견줄 수 있는 사람은 아무도 없었다. 그의 담력과 판단력, 직관은 독특했다. 간호사들이 환자처럼 하얗게 질릴 때에도 그의 칼은 계속해서 죽음을 잘라냈으며 그 과정에서 생명력이 불붙었다.

그의 악덕은 미덕만큼 컸으며 훨씬 도드라졌다. 런던의 직장인 중에서 세 번째로 많은 수입을 벌어들이고 있었지만 그의 사치스러운 생활을 감당하기에는 턱없이 모자랐다. 복잡한 본성 깊숙이, 그가 살아가는 목적의 전부라고 할 만한 도락의 어딘가에 육욕의 기질이 넘쳤다. 시각, 청각, 촉각, 미각, 그는 모든 감각을 완벽히 지배했다. 농익은 포도주와 매우 이국적인 향기, 가장 우아한 유럽 도자기의 곡선과 색조는 그의 감각 앞에서 단번에 연금술사의 황금이 되어 번뜩였다. 그리고 단 한 차례의 만남에서 두 번의 도전적인 눈길과 한 마디의 속삭임 때문에 그는 새녹스 부인을 향한 갑작스럽고 맹목적인 열정에 타올랐다. 그녀는 영국에서 가장 아름다운 여성이었으며 그에게 유일한 여자였다. 그는 영국에서 가장 잘생긴 남자였지만 그녀에게 유일한 남자는 아니었다. 그녀는 늘 새로운 경험을 즐겼으며 자신에게 구애하는 대부분의 남자들에게 상냥했다. 그것이 원인이었는지 아니면 그 결과였는지는 모르겠지만, 서른여섯 살의 새녹스 경은 쉰 살로 보였다.

차분하고 조용하고 온화한 성품에 얇은 입술과 나른한 눈꺼풀을 지닌 새녹스 경은 정원을 손질하는 데 많은 시간을 보내는 안락한 생활이 전부인 인물이었다. 그는 한때 연극에 빠져서 런던의 한 극장을 운영하기도 했는데, 그때 메리언 도슨 양에게 첫눈에 반해 그녀에게 도움의 손길과 귀족의 직위와 영지의 삼분의 일을 바쳤다. 결혼한 후 그는 예전의 취미에 염증을 느꼈다. 그가 종종 보여주었던 연극에 대한 재능을 묵히지 말라는 주변의 설득도 더 이상 통하지 않았다. 연극을 할 때보다 호미와 물뿌리개를 들고 난초와 국화 속에 있을 때 그는 더 행복했다.

그가 완전히 무감각해진 것인지, 아니면 심각할 정도로 기력을 잃은 것인지가 사람들 사이에서 초미의 관심사였다. 그가 아내의 행실을 알고 나무라기는 할까, 아니면 그저 사랑에 눈먼 맹목적인 바보인가? 그 문제를 놓고 작고 아늑한 응접실의 찻잔 사이에서, 혹은 시가 연기 자욱한 클럽 회관의 창가에서 토론이 벌어졌다. 남자들은 대체로 새녹스 경에 대해 신랄하고 노골적인 평가를 내렸으며, 그를 편드는 사람은 아무도 없었다. 그는 어느새 클럽 흡연실에서 가장 과묵한 사람이 되어 있었다.

그러나 더글러스 스톤이 최고의 화제로 떠오르면서, 새녹스 경이 아내의 행실을 알고 있는가 하는 의문은 세인의 관심 밖으로 완전히 밀려났다. 스톤에 관해서는 쓸데없는 말들이 오가지 않았다. 그는 문제가 불거질 때마다 고압적이고 맹렬한 기세로 대단히 신중하고 분별력 있게 대처했다. 그들의 추문은 널리 알려졌다. 어느 명망 있는 학자는 학회의 임원 명단에서 그가 빠졌다는 사실을 넌지시 알려주었고, 친구 두 명은 의사로서의 평판을 고려하라고 진심 어린 충고를 아끼지 않았다. 그러나 그는 그들을 매몰차게 대했고, 새녹스 부인에게 줄 팔찌를 사는 데 사십 기니를 썼다. 그는 매일 저녁 그녀의 집을 방문했고, 그녀는 오후마다 그의 마차에 올랐다. 그들은 자신들의 관계를 숨기려고 애쓰지 않았다. 그러나 마침내 그들을 방해하는 사건이 벌어지고 말았다.

거센 바람이 굴뚝 속에서 비명을 지르고 창문을 후려치던, 몹시 춥고 음산한 겨울밤이었다. 돌풍이 불 때마다 유리창에 후드득 흩어지던 빗방울은 잠시 꿜꿜 잠기는 소리를 내다가 처마에서 흘러내렸다. 저녁 식사를 마친 더글러스 스톤은 서재의 난롯가에 앉아, 포도주 잔이 놓인 공작석 테이블에 팔꿈치를 기대고 있었다. 그는 포도주를 마시려다가 멈칫하더니 램프 빛에 유리잔을 비추고는 감식가의 예리한 눈빛으로 진홍빛 술 위에 떠 있는 얇은 막을 바라보았다. 조각처럼 매끄러운 얼굴과 크게 열린 잿빛 눈동자, 부드러우면서도 단호한 입술, 굵고 반듯한 턱에서는, 일렁이는 난롯불이 드리우는 변덕스러운 불빛을 따라 로마인의 힘과 동물성이 드러나고 있었다. 그는 고급스러운 의자에 깊숙이 몸을 기댄 채 이따금씩 미소를 머금었다. 그날 있었던 두 번의 수술 결과가 더없이 훌륭했으므로, 여섯 명이나 되는 친구들이 충고를 했음에도 불구하고 그는 아주 유쾌해질 권리가 있었다. 런던에서 그처럼 대담하게 수술을 집도할 의지와 실력을 갖춘 사람은 없었다.

그는 그날 저녁 새녹스 부인을 만나기로 했고, 시간은 어느새 여덟 시 삼십 분이 되어 있었다. 그가 마차를 준비시키기 위해 벨을 향해 손을 뻗는 순간, 둔중한 노크 소리가 들려왔다. 곧바로 홀을 스치는 발소리에 이어 쾅 하고 문이 닫혔다.

"어떤 분이 진찰실에서 선생님을 뵙고자 합니다." 집사가 말했다.

"환자 본인인가?"

"아닙니다. 선생님을 모시러 온 모양입니다."

"너무 늦었잖아." 더글러스 스톤은 퉁명스럽게 소리쳤다. "안 가겠네."

"여기, 그분이 주신 명함입니다."

집사는 금속 쟁반에 놓인 명함을 내밀었다. 그 쟁반은 국무총리의 아내가 스톤에게 선물한 것이었다.

"'서머나의 하밀 알리.' 흠! 터키 사람인가 보군."

"예, 선생님. 외지에서 온 것 같습니다. 몰골이 말이 아닙니다."

"쯧쯧! 나는 선약이 있네. 다른 곳에 가봐야 해. 하지만 그 사람을 만나보지. 이리로 데려오게, 핌."

잠시 후 집사가 문을 열고, 키가 작고 노쇠한 남자를 들여보냈다. 고개를 쭉 빼든 남자는 지독한 근시 때문에 눈을 깜빡거리며 구부정한 모습으로 걸었다. 가무잡잡한 얼굴에, 머리칼과 수염은 온통 새카맸다.

그는 한쪽 손에 붉은 줄무늬가 있는 흰색 모슬린 터번을, 다른 쪽 손에는 조그마한 섀미 가죽 주머니를 들고 있었다.

"안녕하세요." 집사가 문을 닫자 더글러스 스톤이 말했다. "아마도 영어를 할 수는 있겠죠?"

"예, 선생님. 저는 소아시아 출신이지만, 느리게만 말하면 영어로 대화할 수 있습니다."

"왕진을 원하셨다고요?"

"예, 선생님. 제 아내 좀 꼭 진찰해주십시오."

"내일 아침에라면 괜찮지만, 오늘 밤은 선약이 있어서 어렵습니다."

터키인의 반응은 아주 독특했다. 그는 가죽 주머니의 끈을 풀더니 탁자에 황금 덩어리를 쏟아놓았다.

"집에 백 파운드가 더 있습니다. 한 시간도 걸리지 않으리라 장담합니다. 문 앞에 마차를 대기시켜 놓았습니다."

더글러스는 시계를 흘깃거렸다. 한 시간이면 새녹스 부인을 찾아가기에 그다지 늦지는 않을 것이다. 그보다 더 늦은 시간에도 그녀를 찾아가곤 했으니까. 게다가 진찰료가 엄청나다. 최근 빚쟁이의 독촉을 받고 있는 형편이니 이런 기회를 놓칠 수는 없었다. 그는 가기로 마음먹었다.

"환자는 어떤 상태인가요?"

"오, 너무도 애처롭지요! 참으로 애처로워요! 혹시 알모하드의 단검에 대해 들어보셨습니까?"

"아니오."

"아, 아주 오래되고 특별한 동양의 단검으로, 손잡이가 등자

(鐙子)와 비슷한 재질로 만들어져 있지요. 저는 골동품 상인입니다. 그래서 서머나에서 영국으로 온 겁니다. 그러나 다음 주에 한 번 더 서머나로 가야 합니다. 많은 물건을 가져왔지만, 아직 그곳에 남겨 놓고 온 것이 많은데, 그 중에는 제가 말씀드린 단검도 몇 자루 더 있지요."

"제게 선약이 있다는 점 잊지 마세요." 의사는 약간 짜증을 내며 말했다. "필요한 말씀만 하세요."

"필요한 말이라는 걸 곧 아시게 될 겁니다. 오늘 제가 골동품을 살피고 있는데 아내가 정신을 잃고 쓰러졌습니다. 그 저주받은 알모하드의 단검에 아랫입술을 벤 겁니다."

"그렇군요." 더글러스 스톤은 일어서며 말했다. "상처를 치료해달라는 말씀이군요?"

"아니, 아닙니다. 그보다 더 심각한 상태입니다."

"뭐가 심각하다는 거죠?"

"단검에는 독이 묻어 있었습니다."

"독!"

"예. 게다가 동서양을 막론하고 그 독의 정체와 치료법을 아는 사람은 없습니다. 그게 제가 아는 전부이고, 그마저 저처럼 장사를 하신 아버님께 전해 들은 겁니다. 그래서 그 독검을 다루기란 무척 까다로운 일이죠."

"증상은 어떤가요?"

"깊이 잠들었다가 서른 시간이 지나면 죽습니다."

"치료법이 없다고 하셨죠. 그런데 왜 제게 많은 돈을 지불하려는 겁니까?"

"약으로 치료할 수 없고, 칼로는 가능할지 모릅니다."

"어떻게요?"

"그 독은 천천히 퍼집니다. 그래서 몇 시간 동안은 상처 부위에 남아 있을 겁니다."

"그렇다면 소독을 하면 되겠군요?"

"뱀에게 물린 것과는 다르죠. 훨씬 미묘하고, 훨씬 치명적입니다."

"그렇다면 상처를 잘라내야겠군요?"

"그겁니다. 그 독이 손가락에 묻었다면, 손가락을 잘라야 합니다. 저희 아버님은 늘 그렇게 말씀하셨지요. 하지만 제가 지금 말씀드리는 상처가 어디에 있는지, 게다가 그 사람이 제 아내라는 점을 생각해보세요. 정말 끔찍한 일입니다!"

그런 끔찍한 일에 익숙한 사람이라면 동정심이 약간은 무뎌지는 법이다. 더글러스 스톤은 이미 그것을 흥미로운 증상의 하나로 받아들였으므로 환자의 남편으로서 겪어야 하는 고충까지 들어줄 생각이 없었다.

"별 문제도 아닌 것 같군요." 그는 무뚝뚝하게 말했다. "목숨보다는 입술을 잃는 게 낫지요."

"아, 그렇습니다. 선생님 말씀이 옳습니다. 그, 그게 숙명이지요. 받아들일 수밖에요. 마차가 기다리고 있으니, 저와 함께 가셔서 치료해주십시오."

더글러스 스톤은 서랍에서 외과용 메스 상자를 꺼내 붕대와 함께 린트 천에 싸서 주머니에 넣었다. 새녹스 부인을 만날 생각이라면 더 이상 시간을 지체하지 말아야 했다.

"다 됐어요." 그는 외투를 집어 들며 말했다. "날씨가 몹시 추운데, 나가기 전에 포도주라도 한 잔 하시겠어요?"

터키인은 거절하듯 손을 들어 올리며 물러섰다.

"제가 이슬람교도라는 걸 잊으셨군요. 저는 마호메트의 독실한 추종자입니다." 그는 말했다. "그런데, 지금 주머니에 넣으신 녹색 병에는 무엇이 들어 있는지요?"

"마취제입니다."

"아니, 그것 역시 저희에게는 금물입니다. 그 역시 독주나 마찬가지고, 우린 그런 것을 사용하지 않습니다."

"뭐요! 그러면 마취도 하지 않고 아내에게 수술을 하라는 말씀인가요?"

"아! 그 가엾은 여자는 아무것도 느끼지 못할 겁니다. 이미 첫 번째 증상대로 깊은 잠에 빠져 있으니까요. 게다가 제가 서머나 아편까지 먹였습니다. 어서 가시지요, 선생님. 벌써 한 시간이 지났습니다."

어두운 바깥으로 나왔을 때, 빗줄기가 한차례 그들의 얼굴에 쏟아졌고, 대리석 여상주에 매달려 대롱거리던 등불도 훅 꺼져 버렸다. 집사 핌이 돌풍에 맞서 육중한 문을 어깨로 밀치는 동안, 두 명의 사내는 대기 중인 마차의 누런 불빛을 향해 주춤주춤 걸어갔다. 잠시 후 그들은 덜컥거리는 마차에 앉아 있었다.

"여기서 먼가요?" 더글러스 스톤이 물었다.

"이런, 아닙니다. 주스턴 거리에서 조금만 더 가면 됩니다."

의사는 십오 분마다 시간을 반복해서 알려주는 시계의 스프링을 누르고 몇 시인지 귀를 기울였다. 아홉 시 십오 분이었다. 그는 거리를 가늠하고, 지극히 사소한 수술에 걸리는 최단 시간을 계산했다. 열 시까지는 새녹스 부인에게 가야 했다. 그는 김 서린 창문을 통해 흔들리며 지나가는 희미한 가스등과 이따금씩 어느 상점 앞에서 좀더 밝게 빛나는 불빛을 바라보았다. 마차의 가죽 지붕 위로 작은 빗방울이 떨어졌고, 웅덩이와 진창을 지날 때마다 바퀴에서 첨벙거리는 소리가 들려왔다. 맞은편에 앉아 있는 터키인의 흰색 터번이 어둠 속에서 희미하게 빛났다. 도착했을 때 시간을 아낄 생각으로 스톤은 주머니에 손을 넣고 주

삿바늘과 봉합사, 안전 핀을 정돈했다. 그는 초조하게 손을 비비면서 마차 바닥에 발을 굴렀다.

이윽고 마차가 속력을 줄이더니 멈춰 섰다. 더글러스 스톤은 곧장 마차에서 내렸고, 서머나의 상인도 그 뒤를 따랐다.

"기다리게." 상인은 마차꾼에게 말했다.

지저분하고 비좁은 거리에 있는 초라한 집이었다. 런던의 지리에 밝았던 의사는 재빨리 어둠 속을 훑어보았다. 상점이나 인기척은 전혀 없었으며, 두 줄로 늘어선 멋없는 주택가와 역시 두 줄로 깔린 판석이 가로등에 비쳤고, 도랑을 따라 거센 물살이 휘돌며 요란하게 하수구로 흘러가고 있을 뿐이었다. 얼룩지고 칠이 벗겨진 문 하나가 그들 앞에 나타났고, 부채꼴 모양의 이층 창문에서 새어나오는 희미한 불빛이 유리창에 덧쌓인 먼지와 오물을 드러내 보여주었다.

침실 창문 중 한 곳에서 누런빛이 뿌옇게 빛났다. 상인이 소란스레 문을 두드리며 침실 창문을 바라보았을 때, 더글러스 스톤은 터키인의 검은 얼굴에서 불안하게 일그러지는 표정을 볼 수 있었다. 빗장이 풀리자 초를 든 늙은 여자가 옹이 진 손으로 촛불을 감싼 채 문가에 나타났다.

"아무 일 없지?" 상인이 숨을 몰아쉬며 말했다.

"나가실 때와 똑같은 상태예요."

"아무 말도 없던가?"

"예, 깊이 잠들어 계세요."

상인은 문을 닫았고 더글러스 스톤은 주변을 흘깃거리며, 그런 자신의 모습에 흠칫 놀라면서 비좁은 복도를 걸어갔다. 리놀륨 바닥도, 매트도, 모자걸이도 없었다. 보이는 것이라고는 두터운 잿빛 먼지와 빼곡한 거미줄이 다였다. 노파를 따라 구불구불한 계단을 오르는 동안, 그가 내딛는 강한 발소리에 조용한 집이 거칠게 뒤흔들렸다. 카펫조차 없었다.

침실은 두 번째 층계참에 있었다. 더글러스 스톤은 늙은 간호사를 따라 그곳으로 들어갔고, 터키 상인이 그 뒤를 따랐다. 적어도 그곳에는 드물기는 해도 가구가 있었다. 바닥은 어지러웠고, 구석에는 터키산 장식장과 쇠미늘 갑옷, 이상하게 생긴 파이프, 기괴한 무기들이 쌓여 있었다. 하나뿐인 작은 램프가 선반 위에서 타고 있었다. 더글러스 스톤은 그 램프를 집어 들고 잡동사니 사이를 지나 한쪽 구석에 있는 침대로 걸어갔다. 그곳에는 터키 옷을 입은 여자가 이중 베일과 차양을 쓰고 누워 있었다. 아랫입술의 윤곽을 따라 지그재그로 베일이 오려져 있어서 얼굴 아랫부분만 겨우 드러나 있었다.

"베일은 양해해주세요." 터키인이 말했다. "우리의 여성관을 아실 겁니다."

그러나 의사는 이중 베일 따위는 안중에도 없었다. 그녀는 그에게 더 이상 여자가 아니었다. 한 명의 환자에 불과했다. 그는 상체를 구부리고 상처를 유심히 살펴보았다.

"아직 아무런 증상이 없군요. 국부 증상이 나타날 때까지 수술을 미뤄야겠어요."

남편은 동요를 숨기지 못하고 두 손을 비틀어 쥐었다.

"이런! 선생님, 선생님." 그는 소리쳤다. "쉽게 생각하지 마십시오. 아직 모르시는군요. 아주 치명적입니다. 분명히 말씀드리는데, 수술을 꼭 해야 합니다. 칼을 대야만 아내를 살릴 수 있습니다."

"그래도 저는 기다릴 생각입니다." 더글러스 스톤이 말했다.

"기다릴 만큼 기다렸습니다." 터키인은 격분해서 외쳤다. "경각이 달린 문제입니다. 이렇게 서서 아내가 죽어가는 걸 지켜볼 수는 없습니다. 이제 남은 방법은 여기까지 와주신 선생께 감사드리고, 더 늦기 전에 다른 의사를 찾아볼 수밖에요."

더글러스 스톤은 멈칫했다. 수백 파운드의 빚을 갚는다는 게 쉬운 일은 아니었다. 게다가 그 환자를 포기해버린다면 미리 받은 황금도 돌려주어야 했다. 만약 터키인의 말대로 당장 수술을 하지 않아서 여자가 죽는다면, 가뜩이나 궁지에 몰려 있는 그로서는 심각한 상황에 처할 게 뻔했다.

"전에도 이런 일을 겪어본 적이 있나요?" 그가 물었다.

"그렇소."

"그래서 당장 수술을 해야 한다고 말씀하신 거군요."

"내가 숭배하는 모든 걸 걸고 그렇다고 맹세합니다."

"수술을 하면 보기 흉해질 겁니다."

"물론, 키스를 하기엔 좀 그렇겠지요."

더글러스 스톤은 매섭게 남자를 노려보았다. 남자의 말은 매우 잔인한 것이었다. 그러나 터키인은 그들만의 말투와 사고방식이 있을 것이고, 그런 문제를 놓고 말다툼을 벌일 시간도 없었다. 더글러스 스톤은 상자에서 메스를 꺼내 들고 집게손가락으로 칼날의 예리함을 확인해보았다. 그러고는 램프를 침대 가까이 끌어당겼다. 이중 베일의 틈새로 그를 바라보는 두 개의 검은 눈동자가 있었다. 홍채만 있을 뿐 동공은 거의 보이지 않았다.

"아편을 너무 많이 썼군요."

"예, 그렇습니다."

그는 자신을 똑바로 응시하고 있는 검은 눈동자를 다시 한번 살펴보았다. 탁하고 생기 없는 눈이었지만, 그가 바라보고 있는 동안에도 미약하게나마 눈빛이 번뜩였고 입술이 떨렸다.

"완전히 의식을 잃지는 않았군요." 그는 말했다.

"고통만 없다면 수술을 하는 데 오히려 낫지 않겠습니까?"

의사의 머릿속에도 그와 똑같은 생각이 스쳤다. 그는 핀셋으로 상처가 난 입술을 붙잡고, 상처 부위를 브이 자 모양으로 신속하게 잘라냈다. 여자는 숨넘어가듯 끔찍한 비명을 지르며 벌떡 상체를 일으켰다. 그때 여자의 얼굴에서 베일이 벗겨졌다. 아는 얼굴이었다. 튀어나온 윗입술과 뚝뚝 떨어지는 핏방울에도 불구하고 그는 그 얼굴을 알아보았고, 여자는 잘린 입술에 손을 올리고 비명을 질렀다. 더글러스 스톤은 칼과 핀셋을 든 채 침대맡에 주저앉았다. 방 안이 빙글빙글 돌아가고, 무언가가 귓바퀴를 찢는 것 같았다. 그 현장을 누군가가 목격했다면, 다른 두 사람보다 스톤의 얼굴이 제일 끔찍했다고 말했을 것이다. 꿈결처럼, 혹은 연극의 한 장면처럼, 그는 터키인의 머리칼과 수염이 탁자에 올려지고, 새녹스 경이 옆구리에 손을 얹고 벽에 기대서서 소리 없이 웃는 모습을 보았다. 여자는 이제 비명을 멈추고 볼썽사나운 머리를 베개에 떨구었지만, 더글러스 스톤은 여전히 꼼짝도 하지 않았고, 새녹스 경은 여전히 소리 죽여 킬킬거리고 있었다.

"메리언에게 꼭 필요한 일이었소. 이번 수술 말이오." 그는 말했다. "육체가 아니라 윤리적으로 말이오. 윤리, 그게 무슨 뜻인지는 선생도 알 거요."

더글러스 스톤은 비틀거리며 침대보의 가장자리를 만지작거리기 시작했다. 외과용 메스를 바닥에 떨어뜨렸지만, 여전히 핀

셋과 또 다른 무언가를 움켜쥔 상태였다.

"어쨌든 당신은 약속을 지킨 셈이군." 새녹스 경이 말했다.

그때 더글러스 스톤이 웃음을 터뜨렸다. 그는 오랫동안 큰 소리로 웃었다. 그러나 새녹스 경은 이제 웃지 않았다. 공포와도 비슷한 감정을 느낀 듯 그는 차갑게 얼어붙은 모습이었다. 그는 방을 나가 발소리를 죽이며 걸어갔다. 노파가 바깥에서 기다리고 있었다.

"아내가 깨어나면 보살펴주게." 새녹스 경은 말했다.

그는 밖으로 나갔다. 대기 중인 마차의 마차꾼이 모자를 고쳐 썼다.

"존." 새녹스 경은 말했다. "먼저, 의사 선생을 집에 모셔다 드리게. 아마 집 안까지 부축해야 할 걸세. 그 집 집사에게는 수술을 하느라 선생이 무리를 했다고 전하게."

"잘 알겠습니다. 주인어른."

"그리고 자네가 아내의 집을 지켜주게."

"주인어른은 어쩌시려고요?"

"음, 앞으로 몇 달간은 베니스에 있는 로마 호텔에 묵을 걸세. 집으로 오는 편지만 잘 확인하게. 그리고 다음 주 월요일에 붉은 국화를 모조리 품평회에 출품하라고 스티븐슨에게 이르고, 그 결과를 전보로 알려주게."

다섯 번째 기묘

죽어야 하는 불멸

The Mortal Immortal by Mary Shelley

1833년 칠월 십육일, 내게는 기억할 만한 기념일이다. 삼백이십삼 년을 채운 날이니까!

방황하는 유대인? 분명 아니다. 그는 천팔백 년 이상을 보냈다. 그와 비교하면, 내 불멸은 아주 짧은 편이다.

그렇다면 나는 불멸의 존재인가? 내가 삼백삼 년 동안 밤낮으로 혼자 던져온 질문이지만 아직 답을 찾지 못했다. 오늘 갈색 머리카락 사이에서 발견한 한 올의 흰 머리카락은 분명 부패의 징조다. 하지만 삼백년 동안 숨겨져 있었는지도 모를 일이다. 어떤 이들은 스무 살도 채 되지 않아 머리가 온통 하얗게 새기도 하니까.

내 이야기를 들려줄 테니 독자들이 판단해주길 바란다. 내 이야기를 하는 것은 기나긴 영원에서 단 몇 시간을 애쓸 뿐인데도 내게는 너무도 지치는 일이다. 영원이라! 그것이 가능한가? 영원한 삶! 어떤 마법에 걸리면 깊은 잠에 빠지게 되고 백 년이 지나 깨어났을 때에는 그 어느 때보다 싱그러운 모습을 하고 있다는 말을 들은 적이 있다. '일곱 잠꾸러기'에 대한 얘기를 듣고 보니 불멸이 그리 괴로울 것 같지는 않다. 아니, 이런! 끝없는 시간의 무게, 여전히 이어지는 시간의 지루한 통로여! 전설의 널자헤드는 얼마나 행복했을까!(1767년 프랜시스 셰리든Frances Sheridan이 발표한《널자헤드의 전설The History of Nourjahad》에서 인용. 널자헤드는 이슬람의 스켐제딘Schemzeddin에게 속아 영원히 살 수 있다고 믿었다—옮긴이주) 그러나 내겐 고역이다.

코르넬리우스 아그리파는 세상에 널리 알려져 있었다. 그의 예술과 마찬가지로 영원한 기억이 나를 만들었다. 그가 없는 사이 부주의한 그의 제자가 악마를 불러냈지만, 그가 처치했다는 얘기도 잘 알려져 있다. 그 이야기가 사실이든 아니든 이 저명한 철학자를 퍽 곤란하게 만든 것은 확실했다. 모든 제자들이 즉시 그를 떠났으며, 하인들도 종적을 감추었다. 그가 잠을 자는 동안 끊임없이 불타는 난로에 석탄을 넣어줄 사람도, 연구를 하는 동안 약품의 색깔 변화를 확인해줄 사람도 없었다. 한 사람이 할 수 있는 일이 아니었으므로 실험은 번번이 실패했다. 단 한 사람의 도움도 받지 못하는 그를 어두운 영혼들이 비웃었다.

그때 나는 어렸고 가난했으며 지독히 깊은 사랑에 빠져 있었다. 그 사건이 벌어진 현장에는 없었지만, 당시 나는 코르넬리우스의 제자로 일 년 정도를 보낸 뒤였다. 내가 돌아왔을 때, 동료들은 그 연금술사의 거처로 가지 말라고 애원했다. 그들에게 무시무시한 사건을 전해 들은 나는 전율했다. 경고는 더 이상 필요하지 않았다. 코르넬리우스가 찾아와 자신의 집에 머물러준다면 황금 주머니를 주겠다고 제의했을 때, 나는 사탄의 유혹을 받는 느낌이었다. 이가 덜덜 떨렸고 머리칼이 쭈뼛 일어섰다. 후들거리는 다리로 나는 필사적으로 그의 집에서 도망쳤다.

흔들리는 내 발걸음은 이 년 동안 매일 저녁 걸었던 방향으로 향했다. 부드러운 거품이 이는 깨끗한 샘물, 그 옆에서 검은 머리카락의 소녀가 매일 밤 내게 빛나는 시선을 던지곤 했다. 내가 버사를 사랑하지 않은 순간이 있었는지 기억할 수 없다. 우리는 어렸을 때부터 이웃이자 소꿉친구였고—그녀의 부모는 내 부모처럼 소박하지만 훌륭한 삶을 살았다—우리가 꼭 붙어 다니는 모습은 부모님들에게 즐거움을 주었다. 혹독한 시간이 찾아와, 그녀는 악성 열병으로 부모님을 잃고 고아가 되었다. 내 부모님은 기꺼이 그녀와 함께 살 생각을 하셨지만, 인근 성에서 자식 없이 홀로 살아가던 부유한 노부인이 그녀를 입양하겠다고 나섰다. 그때부터 버사는 비단옷을 입고 대리석 궁전에서 살았으며, 누구보다 행운아로 여겨졌다. 그러나 새로운 관계와 새로운 상황에서도 그녀는 가난했던 시절의 친구에게 한결같았다. 그녀는 내 아버지의 작은 집을 자주 찾아왔으며, 그것이 금지된 후에는 가까운 숲 가의 그늘진 연못에서 나를 만났다.

우리를 이어주는 거룩함에 비하면 새로운 후견인에 대한 의무는 아무것도 아니라고 그녀는 입버릇처럼 말했다. 그러나 나는 여전히 결혼하기에는 가난했고, 그녀는 그런 사정에 괴로워하며 조금씩 지쳐갔다. 오만했지만 인내심이 강했던 그녀도 우리를 가로막는 장애물에 점점 분노했다. 우리는 한동안 떨어져 있다가 만났는데, 내가 없는 동안 그녀는 몹시 힘겨워했다. 그녀는 내 가난을 처절하게, 거의 책망하듯 불평했다. 나는 경솔하게 대답했다. "가난하기 때문에 정직한 거야. 정직하지 않다면 얼마든지 부자가 될 수 있어!"

내 말은 숱한 의문을 낳았다. 진실을 말하면 그녀에게 충격을 줄까 두려워 말하기를 꺼렸지만, 그녀는 결국 내게서 진실을 끄집어냈다. 그리고 경멸의 표정을 지었다. "사랑하는 척하는 거군요. 나를 위해 악마와 맞서는 게 두려운 거야!"

그녀에게 상처를 줄까봐 두려웠을 뿐이라고 나는 항변했다. 그리고 내가 손에 쥘 수 있는 엄청난 보상을 그녀도 누릴 수 있을 거라고 말했다. 사랑과 희망에—그녀가 준 부끄러움에—고무된 나는 빠른 발걸음과 가벼운 마음으로 뒤늦은 두려움을 웃어넘기고 연금술사의 제의를 받아들이기 위해 돌아갔으며 곧바로 일을 시작했다.

일 년이 지났다. 나는 막대한 돈을 손에 쥐었다. 세상의 관습은 내 두려움을 없애주었다. 가장 고통스러운 불면에 시달렸음에도 불구하고, 나는 조금도 흔들리지 않았다. 학구적인 침묵을 깨뜨리는 악마의 울부짖음에도 동요하지 않았다. 나는 남몰래 버사와의 만남을 지속했고, 희망의 싹을 키워 나갔다. 그러나 즐겁지만은 않았다. 사랑과 안정은 서로 적이라고 생각하며, 내 가슴속에서 그 둘을 분리해놓음으로써 기뻐한 버사 때문이었다. 진실한 마음을 소유했음에도 불구하고 그녀의 자태에는 요염함이 묻어 있었다. 그 때문에 나는 터키인처럼 질투를 느꼈다. 그녀는 오만 가지 방법으로 나를 무시했지만, 자신의 잘못을 한 번도 깨닫지 못했다. 그녀는 나를 격분하게 만들었고, 그것을 사과하도록 만들었다. 이따금씩 내가 고분고분하지 않다고 생각되면 후견인이 좋아하는 사람들과 염문을 뿌리기도 했다. 비단옷을 입은 부유하고 쾌활한 젊은이들이 언제나 그녀를 에워싸고 있었다. 코르넬리우스의 제자로서 엄숙한 옷을 입고 있는 내가 그들과 비교나 될 수 있었겠는가?

한번은 철학자가 내게 시간이 많이 걸리는 일을 요구해서 그녀와의 약속을 지킬 수가 없었다. 그는 거대한 실험에 몰두해 있었으므로, 나는 어쩔 수 없이 밤낮으로 난로에 장작을 넣어야 했고 화학 약품의 변화를 주시해야 했다. 버사는 연못에서 헛되이 나를 기다렸다. 무시당했다는 생각이 그녀의 오만한 성격에 불을 붙였다. 잠시 눈을 붙일 수 있는 짬을 이용해 몰래 실험실에서 빠져나온 나는 그녀의 위로를 기대했지만, 그녀는 경멸에 찬 표정으로 매몰차게 나를 뿌리치며 맹세했다. 그녀를 위해 언제든지 올 수 없다면, 누구도 그녀의 손을 잡지 못할 거라고. 앙갚음을 해주겠노라고! 실제로 그렇게 되었다. 나는 음산한 숙소에서 앨버트 호퍼가 그녀를 차지했다는 소문을 들었다. 앨버트 호퍼는 그녀의 후견인이 아끼는 인물로, 그들은 화려한 마차를 타고 연기에 그을린 내 창가를 지나갔다. 그녀의 검은 눈동자가 경멸에 차 내 숙소를 스치는 동안, 비웃음 소리에 이어 내 이름이 불린 것 같았다.

독과 비탄을 품은 질투심이 내 가슴으로 들어왔다. 나는 하염없이 눈물을 흘리며 다시는 그녀를 내 여인이라고 부를 수 없는 현실을 떠올렸다. 이내 나는 변덕스럽게 온갖 저주를 그녀에게 퍼부었다. 그러나 여전히 연금술사의 난롯불을 지피고, 난해한 약품의 변화를 지켜보아야만 했다.

코르넬리우스는 사흘 밤낮으로 잠 한숨 자지 않았다. 증류기의 진전은 그의 예상보다 더뎠다. 초조감에도 불구하고, 잠기운이 그의 눈꺼풀을 무겁게 짓눌렀다. 초인적인 힘으로 그는 연거푸 잠을 쫓았지만, 잠은 계속해서 그의 감각을 빼앗았다. 그의 시선은 도가니에 못 박혀 있었다. "아직도 멀었군." 그는 중얼거렸다. "일을 끝내려면 또 얼마나 밤을 지새워야 할까? 원지, 성실한 네가 불침번을 서야겠다. 어젯밤에 잠은 자두었겠지? 저 유리 용기를 지켜 보거라. 그 속의 액체는 연한 장밋빛이지. 색깔에 변화가 생기면 나를 깨워라. 그때까지 눈을 좀 붙여야겠다. 처음에는 흰색으로 변하다가 황금빛 섬광을 발할 거야. 하지만 그때까지 기다리진 말거라. 장밋빛이 묽어지면 바로 나를 깨워." 나는 잠결에 웅얼거리는 그의 마지막 말을 거의 알아들을 수 없었다. 그 순간에도 그는 자연의 섭리에 완전히 굴복하지는 않고 있었다. "원지, 애야." 그는 다시 말했다. "저 용기를 건드리지 마라. 마시지도 말고. 저건 미약이니까. 사랑을 치유하는 미약 말이다. 너는 언제까지나 버사를 사랑하겠지. 마시지 말거라!"

그러고는 잠들었다. 곧 그의 고귀한 머리가 아래로 숙여졌고, 그의 숨소리마저 거의 들을 수 없었다. 몇 분 동안 나는 색깔의 변화가 없는 장밋빛 용기를 바라보았다. 어느새 내 머릿속은 연못을 거닐며 다시는, 다시는 오지 않을 매혹적인 장면들을 떠올렸다. '다시는!'이라는 말이 입 안에서 맴도는 동안 악마와 뱀이 내 가슴속에 자리를 잡았다. 못된 여자! 못되고 잔인한 것! 복수를 하지 않고는 견딜 수 없을 터였다. 그녀의 발밑에서 앨버트가 죽고, 그녀 역시 내 복수에 죽어야 하리라. 그녀는 득의양양하게 경멸의 미소를 머금었다. 내 열등감과 그녀 자신의 힘을 잘 알고 있기에. 그러나 그녀의 힘이 무엇이었지? 내 증오심과 모욕을 부추기고, 아, 어떤 것에도 무심할 수 있는 힘! 그 힘을 내가 얻을 수 있을까? 무심한 눈길로 그녀를 바라보고, 거절당한 사랑을 더 아름답고 진실한 것으로 바꿈으로써 진정한 승리를 얻을 수 있을까!

눈부신 섬광이 눈앞을 스쳤다. 스승의 약품을 까맣게 잊고 있었다. 나는 놀라움에 가득 차 그것을 바라보았다. 햇살에 비친 다이아몬드보다 더 눈부시고 아름다운 빛이 액체의 표면에서 번뜩이고 있었다. 더없이 달콤한 향기가 내 감각을 앗아갔다. 살아 있는 발광체처럼 보기에도 아름다운 그 액체는 마시고 싶은 충동을 불러일으켰다. 점점 강렬해지는 감각에 그것을 마시고 싶다는, 그래야 한다는 본능이 솟았다. 나는 유리 용기를 입가로 가져갔다. "사랑을, 고뇌를 치료해줄 거야!" 철학자가 뒤척였을 때, 나는 지상에서 누구도 맛보지 못했을 그 기막힌 액체를 이미 반이나 단숨에 들이켠 후였다. 나는 깜짝 놀라 유리 용기를 떨어뜨렸고, 쏟아진 액체가 바닥을 따라 흐르며 번뜩였다. 코르넬리우스가 내 목을 움켜잡고 고래고래 소리를 질렀다. "미친 놈! 내 필생의 실험을 망쳐놓았어!"

철학자는 내가 그의 약물 중 일부를 마셨다는 사실을 전혀 눈치 채지 못했다. 그는 내가 호기심에 유리 용기를 집어 들었다가 그 광채와 강렬한 섬광에 놀라 바닥에 떨어뜨렸을 뿐이라고 생각하고 있었다. 나는 굳이 아니라고 부인하지 않았다. 결코 그에게 사실을 말하지 않았다. 약품의 불꽃은 꺼졌고—향기도 사라졌고—조금씩 진정이 된 그는 고도의 실험을 다시 시작해야 했으므로 내게는 가서 쉬라고 말했다.

잊을 수 없는 그날 밤, 천국에서 영혼을 씻어내는 듯한 천상의 기쁨이나 더없는 행복과도 같았던 잠에 대해 감히 설명할 길이 없다. 잠에서 깨었을 때 느낀 가슴에 충만한 기쁨과 즐거움을 천박하지 않게 설명하기란 도저히 불가능한 일이었다. 천상에 있는 듯 나는 허공을 걸었다. 지상은 천국이 되었고, 내가 그곳에서 태어나 살아가고 있다는 사실은 황홀한 환희였다. "사랑이 치료되었군." 나는 생각했다. "오늘 버사를 만나야겠어. 냉담하고 무심해진 연인의 모습을 보여줘야지. 너무도 행복해서 경멸할 필요도 없겠지만!"

시간은 빠르게 흘러갔다. 한 번 성공을 거두었으므로, 다시 성공할 수 있을 것이라고 생각한 철학자는 또 한 차례 똑같은 약품을 혼합하기 시작했다. 그는 책과 약품에 파묻혀 있었으므로 내게는 그날이 휴일이었다. 나는 정성 들여 몸치장을 한 뒤, 낡았지만 광택이 나서 거울로 사용하고 있는 방패 앞에 모습을 비춰 보았다. 얼굴이 몰라보게 좋아진 것 같았다. 기쁨에 겨워 서둘러 마을 근교로 향하는 동안, 세상은 온통 천상과 지상의 아름다움으로 가득했다. 성으로 발길을 돌렸을 때, 나는 사랑을 치유하고 난 가벼운 마음으로 높이 솟구친 성의 탑을 바라볼 수 있었다. 길을 올라가는 동안, 멀리서 나의 버사가 나를 지켜보고 있었다. 무엇이 갑작스레 그녀의 심경을 변화시켰는지는 모르겠지만, 그때 그녀는 새끼 사슴처럼 가볍게 대리석 계단을 내려와 내게 달려왔다. 그러나 그곳에는 그녀 말고 다른 사람도 있었다. 그녀의 입으로 고상한 할망구이자 폭군이라고 부르던 후견인도 나를 바라보고 있었던 것이다. 그녀의 후견인은 숨을 헐떡이며 계단을 뒤뚱뒤뚱 올라갔고, 그녀만큼 추하게 생긴 시동이 옆에서 그녀를 따라다니며 부산히 부채질을 해주었다. 그녀는 내 아름다운 버사를 불러 세웠다. "아니, 배짱이 두둑한 아가씨로구나. 어딜 그리 급히 가느냐? 어서 방으로 돌아가렴. 밖에는 불한당들이 득시글대고 있잖니!"

버사는 두 손을 꼭 쥐고, 다가서는 내게서 시선을 떼지 않았다. 나는 그들 사이에 다툼이 있음을 눈치 챘다. 버사의 상냥해진 마음에서 우러나오는 애정의 충동을 가로막다니, 정말이지 쪼그랑할멈이 가증스러웠다. 지금까지는 그 지위를 존중하여 가급적 성의 늙은 주인을 피해왔었다. 하지만 이제는 그런 하찮은 생각일랑 무시해버리기로 마음먹었다. 나는 사랑을 치유했으며, 인간의 모든 두려움을 초월한 사람이 아닌가! 발걸음을 재촉한 나는 이윽고 테라스에 도착했다. 버사는 얼마나 아름다운가! 뜨겁게 번뜩이는 눈빛, 초조와 분노로 달아오른 두 뺨, 그녀는 어느 때보다도 우아하고 아름다웠다. 나는 더 이상 그녀를 사랑하지 않았고, 아니, 결코! 흠모하지도, 우상으로 숭배하지도 않았다!

그날 아침, 그녀는 나의 연적과 결혼을 서두르라며 평소보다 더 심한 괴롭힘을 당한 터였다. 연적에게 명확한 입장을 밝히라는 채근과 질책에 이어 망신스럽고 수치스럽게 문 밖으로 내치겠다는 협박도 받았다. 그녀는 자부심으로 위협에 맞섰다. 그리고 그동안 내게 행한 숱한 경멸과 그로 인해 하나밖에 없는 친구를 어떻게 잃었는지를 떠올리면서 회한과 격분으로 흐느껴야 했다. 그 순간 내가 나타난 것이었다. "오, 윈지!" 그녀는 소리쳤다. "당신 부모님 댁으로 나를 데려가줘요. 여기 고상한 곳의 혐오스런 사치와 처참함에서 벗어나 가난과 행복으로 나를 속히 데려가줘요."

나는 기쁨에 취해 그녀를 꼭 껴안았다. 격노한 늙은 부인은 아무 말이 없다가, 우리가 멀리까지 왔을 때에야 비로소 독설을 퍼붓기 시작했다. 내 어머니는 죄악의 소굴에서 벗어나 자연과 자유를 찾아온 아름다운 도망자를 다정하게 맞아주었다. 그녀를 아꼈던 아버지도 진심으로 환영해주었다. 연금술사가 만든 천상의 액체에 젖어 환희를 탐할 필요가 없을 만큼 그날은 참으로 기쁜 날이었다.

그 중대한 사건이 있은 직후, 나는 버사의 남편이 되었다. 나는 코르넬리우스의 문하생 생활을 그만두었지만, 그와는 계속 친구로 남았다. 정작 본인은 모르고 있지만, 내게 신성한 묘약을 마시게 해주고 사랑을 치유하는 대신 (치유라니 말도 안 되지! 악마를 위한 쓸쓸하고 불쾌한 치료법일 뿐.) 용기와 결단을 불러냄으로써 버사의 안에 깃든 더 없는 보물을 얻게 해준 것에 대해 나는 늘 그에게 고마움을 느꼈다.

나는 종종 경이로움에 취했던 황홀한 순간을 떠올리곤 했다. 만반의 준비를 끝냈다는 코르넬리우스의 장담에도 불구하고, 내가 그 약을 마셔버린 탓에 실험은 성공하지 못했지만, 그 효과만은 말로 표현할 수 없을 만큼 강렬하고 은혜로웠다. 약의 효과는 조금씩 약해졌지만 여전히 내 안에 남아서 빛나는 색으로 내 삶을 채색해주고 있었다. 버사는 가끔씩 나의 쾌활함과 보기 드문 활력에 의아해하기도 했다. 예전에는 내가 꽤 심각하고 음울하기까지 한 성격이었기 때문이다. 그녀가 활달해진 내 성격을 더 좋아하게 된 가운데 기쁨의 나날이 빠르게 흘러갔다.

그렇게 오 년이 흐른 후, 나는 갑자기 임종을 앞둔 코르넬리우스의 병상으로 부름을 받았다. 그가 즉시 찾아와 달라고 다급히 사람을 보냈기 때문이다. 나는 초라한 침상에서 이미 죽은 듯이 쇠약해져 있는 그를 발견했다. 그러나 여전한 생기가 느껴지는 그의 예리한 눈빛만은 장밋빛 액체로 채워진 유리 용기에 못 박히듯 했다.

"보게." 그는 불안하고 낮은 목소리로 말했다. "인간의 욕망이 불러온 허영을! 두 번째 희망을 이루려는 순간, 또다시 무너지고 말았어. 저 액체를 보게. 오 년 전에 준비하고 성공했을 때와 똑같은 액체라는 걸 기억하겠지. 그때도 지금처럼 저 정체불명의 묘약을 맛보고 싶어 내 입술은 바짝 타들어갔었지. 그때 자네가 그걸 쏟았지 않았나! 그리고 지금은 너무 늦었어."

그는 힘겹게 말하고 베개에 깊숙이 기대었다. 나는 솔직히 말할 수밖에 없었다. "존경하는 스승님, 어떻게 사랑의 치료약으로 스승님의 생명을 되살릴 수 있다는 말씀입니까?" 거의 알아들을 수 없는 그의 목소리를 듣기 위해 나는 바짝 귀를 기울였다. 그의 얼굴에 희미한 미소가 떠올랐다.

"사랑의 치료약이자 만병통치약이지. 불멸의 묘약. 아! 지금 내가 저걸 마신다면, 영원히 살 수 있을 텐데!"

그가 말하는 동안, 액체에서 황금빛 섬광이 번뜩였다. 그리고 내게 너무도 익숙한 향기가 공기 중에 실려 왔다. 그가 극도로 쇠약해진 몸을 일으키고—기적적으로 다시 힘을 끌어 모은 듯— 손을 쭉 펼치자 돌연 요란한 폭발음과 함께 묘약에서 섬광이 솟구쳤다. 그리고 유리 용기에 담겨진 액체가 미립자가 되어 요동을 치는 것이 아닌가! 나는 철학자를 바라보았다. 흐릿해진 눈동자와 뻣뻣한 몸으로 그는 죽어 있었다!

그러나 나는 영원히 살아야 할 운명이라니! 불운한 연금술사가 그렇게 말했고, 나는 그 말을 믿었다. 몰래 묘약을 마신 후 찾아왔던 눈부신 황홀경이 떠올랐다. 육체와 영혼에 변화가 생겼다는 느낌도 떠올랐다. 둘 중에 한쪽이 쾌활하면 다른 한쪽은 공중에 떠 있듯 가벼웠다. 거울에 비친 내 모습에서는 지난 오 년 동안 딱히 눈에 띄는 변화를 찾아보지 못했다. 감미로운 음료의 찬연한 빛과 기분 좋은 향기를 기억했다. 내가 받은 소중한 선물, 그것은 불멸이었다!

며칠이 지나 나는 내 믿음을 비웃었다. '선지자는 제 고향에서 환영받지 못한다'는 속담은 나와 고인이 된 내 스승을 두고 하는 말이었다. 나는 그를 하나의 인간으로서 사랑했고, 현자로서 존경했지만 그가 어둠의 힘을 불러낼 수 있다는 생각을 조롱했고, 그가 보통 사람에게 느끼는 미신적인 두려움을 비웃었다. 그는 현명한 철학자였지만, 피와 살로 이루어진 생물 외에 다른 영혼을 알고 있지는 못했다. 그의 과학은 지극히 인간적이었으며, 내가 스스로 결론을 내렸듯이, 인간적인 과학은 육체에 영혼이 갇혀 있는 한 자연 법칙을 결코 정복할 수는 없었다. 코르넬리우스는 포도주보다 더 사람을 취하게 하고 어떤 과일보다 더 향기로운, 영혼이 거듭나는 묘약을 만들어냈다. 그것은 마음에 기쁨을, 사지에 활력을 선사하는 강렬한 약효를 지녔을지도 모른다. 그러나 그 효과는 점점 사라질 것이고, 이미 내 육체에서 약해지고 있었다. 나는 건강에 좋고 유쾌해지는 묘약을 들이켠 행운아이고, 스승의 덕을 입어 장수를 누릴지는 모르지만, 행운은 거기까지일 것이다. 장수와 불멸은 분명 다른 것이니까.

나는 수년 동안 계속 그런 생각을 은밀히 즐겨왔다. 연금술사가 정말 잘못된 생각을 한 것은 아닌가 하는 의문이 무심코 떠오를 때도 많았다. 그러나 조금은 늦춰질지 모르지만 정해진 시간에, 타고난 운대로 아담의 모든 자손들과 똑같은 운명을 맞게 될 거라는 것이 평소의 믿음이었다. 그러나 내가 놀라우리만큼 젊은 건 분명한 사실이었다. 자주 거울을 들여다보는 헛된 짓을 하고 있는 스스로를 비웃었지만, 그럼에도 거울 속의 주름 없는 이

마와 뺨, 눈을 바라보며 스무 살의 모습 그대로인 육체에서 부질없이 늙음의 흔적을 찾곤 했다.

곤혹스러웠다. 나는 버사의 아름다움이 사그라지는 것을 보았다. 나는 이제 그녀의 아들처럼 보였다. 이웃들이 조금씩 그런 사실을 눈여겨보았고, 마침내 나는 마법에 걸린 그 학자의 이름을 듣게 되었다. 버사는 그녀대로 점점 불안해했다. 질투하고 화를 내는 일이 많아졌고, 결국에는 나를 추궁하기 시작했다. 우리에게는 자식이 없었다. 우리는 오롯이 서로에게 전부였다. 그녀가 늙어가고, 악한 성격이 조금씩 고개를 들고 아름다움이 처량히 사라져간다 해도, 나는 한때 숭배했던 연인이자 내가 원한 대로 완벽한 사랑으로 얻은 아내로서 그녀를 진심으로 사랑했다.

마침내 우리의 상황은 견딜 수 없는 지경에 이르렀다. 버사는 쉰 살, 나는 스무 살이었다. 나는 나이든 사람의 습관을 흉내 내며 부끄러움을 느꼈다. 젊은이들과 어우러져 더 이상 춤을 추지는 않았지만, 두 발을 꼭 억누르고 있는 동안에도 마음은 그들과 함께 설레었다. 그리고 나는 우리 마을 네스토르에서 고립된 서글픈 신세였다. 그러나 그 전에 이미 많은 변화가 일어났다. 사람들은 우리를 피해 다녔고, 우리가—적어도 내가—옛 스승의 지인 몇몇과 사악한 관계를 맺고 있다는 소문이 나돌았다. 가여운 버사는 동정을 받았지만 아무도 그녀를 찾지 않았다. 나는 공포와 혐오의 대상이 되었다.

어떻게 해야 했을까? 우리는 겨울 난롯가에 앉아 가난을 있는 그대로 느꼈을 뿐이다. 아무도 우리 농장에서 나온 농산물을 사려고 하지 않았기 때문이다. 가진 것을 처분하기 위해 나에 대해 모르는 마을을 찾아 삼십 킬로미터도 더 떨어진 곳까지 다녀올 때도 많았다. 어쩌면 우리는 앞으로 닥칠 불길한 날을 예감하며 준비를 하고 있었는지도 모른다.

마음이 늙은 젊은이와 그의 나이든 아내는 난롯가에 쓸쓸히 앉아 있었다. 또다시 버사가 진실을 알고 싶다고 고집을 부리기 시작했다. 나에 대해 전해들은 소문을 되풀이하여 말하면서 그녀는 자신의 의견을 보탰다. 마법을 벗어버리라고 애원하기도 했다. 밤색의 머리카락보다는 흰 머리카락이 훨씬 보기 좋다고, 젊은이에게 주는 가벼운 호감보다는 나이에 어울리는 존경과 위엄이 훨씬 낫다고 그녀는 말했다. 젊음과 보기 좋은 외양이라는 비속한 선물이 더 큰 불명예이고 혐오이며 조롱임을 아느냐고도 말했다. 아니, 결국에 나는 마법을 거래한 사람으로 화형에 처해질 것이며, 내가 누리는 행운을 조금도 나눠 갖지 못한 그녀는 공범죄로 돌을 맞을 것이라고 말했다. 마침내 그녀는 내 비밀을 공유하고 자신도 똑같은 혜택을 누리게 해달라고, 그렇지 않으면 나를 고발하겠다고 넌지시 말한 뒤 갑자기 울음을 터뜨렸다.

그처럼 곤란한 상황에 처하자, 나는 솔직히 털어놓는 것이 최선의 방법이라고 생각했다. 나는 가능한 부드럽게 사실을 밝혔고, 내가 생각하는 가장 이상적인 표현인 '불멸' 대신에 그저 '아주 긴 생명'이라고만 했다. 나는 말을 마치고 자리에서 일어났다.

"자, 버사, 당신의 젊었을 적 연인을 고발할 텐가? 그러지 않을 거라 믿어. 하지만 가여운 당신이 코르넬리우스의 저주받은 기술과 내 불운 때문에 고통을 받아야 하니 몹시 가혹한 일이지. 내가 당신을 떠나리다. 당신은 풍족한 부를 가질 것이고, 친구들도 내 공백을 대신해 당신에게 돌아올 거야. 나는 떠나겠어. 젊게 보이고 몸 또한 건강하니 얼마든지 걸을 수 있고, 의심을 받거나 정체를 들키지 않고도 낯선 사람들 사이에서 음식을 구할 수 있겠지. 젊은 시절에 나는 당신을 사랑했어. 나이가 들어서도 당신을 버리지 않으리라는 것은 하늘이 보증할 테지만, 당신의 안전과 행복을 위해서 나는 당신을 버려야 해."

나는 모자를 집어 들고 문으로 향했다. 그 순간 버사의 팔이 내 목을 껴안았고, 그녀의 입술이 다가왔다. "아니, 가지 말아요, 윈지." 그녀는 말했다. "혼자 떠나면 안 돼요. 나를 데려가요. 이곳을 떠나, 당신의 말대로, 낯선 이들 속에서 의심받지 않고 안전하게 살아요. 저는 당신을 부끄럽게 만들 정도로 늙진 않았어요, 윈지. 그리고 신의 축복으로 마법은 곧 사라질 것이고, 당신은 나이에 맞는 모습을 되찾을 거예요. 그러니 나를 떠나지 말아요."

나는 그 선한 영혼을 애틋이 껴안았다. "떠나지 않으리다, 버사. 당신을 위해서 그런 생각을 하지 않겠소. 당신이 나를 용서해주는 한, 나는 한결같이 충실한 당신의 남편으로서 죽는 날까지 내 본분을 다 하리다."

다음 날 우리는 비밀리에 이주를 준비했다. 막대한 금전상의 손해를 감수해야 했지만, 어쩔 수 없는 일이었다. 적어도 버사가 살아 있는 동안 먹고살 만큼 충분한 돈은 있었다. 아무에게도 작별 인사를 하지 않은 채, 우리는 고향 마을을 떠나 프랑스 서부의 어느 먼 곳으로 피난처를 찾아 나섰다.

가여운 버사가 고향 마을과 젊은 시절의 친구를 떠나 새로운 나라, 새로운 언어, 새로운 관습 안에 유배되어야 하다니, 그것은 가혹한 일이었다. 내 운명의 기이한 비밀에 비해 그때의 이주는 무의미한 것이었지만, 나는 그녀를 몹시 측은히 여겼고, 그녀가 별스럽지 않은 우스운 상황에서 불행을 보상받는 것을 발견하고 참으로 기뻤다. 남의 말 하기 좋아하는 사람들에게서 벗어난 그녀는 입술연지와 앳된 옷차림, 소녀 같은 행동을 비롯해 숱한 여성적인 기법을 동원함으로써 외모에서 드러나는 나와의 차이를 줄이려고 노력했다. 나는 화를 낼 수 없었다. 가면을 쓰고 있는 사람은 바로 나 자신이 아니었던가? 그녀의 노력이 소용없다고 해서 그녀와 싸울 필요가 있는가? 내가 그토록 사랑했으며 황홀해했던 여자—매혹적인 야릇한 미소를 머금고 새끼 사슴처럼 걸었던 검은 눈망울과 검은 머리카락의 소녀—가 이제는 종종걸음 치는 선웃음의 질시 어린 노파로 변해버린 모습을 떠올릴 때마다 나는 깊은 슬픔을 맛보아야 했다. 나는 그녀의 잿빛 머리카락과 시든 얼굴을 존중했어야 했다. 그런데 왜 이 모양인가! 내가 해야 할 일이었다. 그러나 나는 인간의 그런 나약함에 그리 비통해하지 않았다.

아내의 질투는 멈추지 않았다. 겉으로 드러난 외양에도 불구하고, 그녀는 내가 늙어가는 흔적을 찾아내기 위해 혈안이 되었다. 나는 맹세코 그 가여운 영혼이 진심으로 나를 사랑한다고 믿었지만, 좋아하는 감정을 그토록 모질게 표현하는 여자도 없었을 것이다. 내가 젊은 혈기에 넘치고 스무 살의 나이에서도 유독 앳된 모습을 하고 있는 동안, 그녀는 기어코 내 얼굴의 주름과 내 발걸음의 노쇠함을 찾아내려고 들었다. 나는 감히 다른 여인에게 말을 걸 엄두를 내지 않았다. 한번은, 마을의 한 미인이 내게 호감의 눈빛을 보낸다고 혼자 생각한 그녀가 내게 흰 가발을 사주기도 했다. 그녀는 주위 사람들에게 내가 무척 젊어 보이지만 사실은 큰 병이 있으며, 외견상 아주 건강해 보이는 모습 자체가 가장 위험한 증상이라고 끊임없이 말하고 다녔다. 내 젊음이 곧

질병이라고. 돌연하고 끔찍한 죽음을 맞지 않으려면, 적어도 어느 날 아침 하얗게 센 머리카락과 한꺼번에 돌아온 노년에 짓눌려 구부정한 허리로 잠을 깨어 놀라지 않으려면 내가 항상 마음의 준비를 해두어야 한다고 그녀는 말했다. 나는 그녀의 말을 막지 않았으며, 그녀의 억측을 거드는 경우도 많았다. 그러잖아도 내 상태에 대해 끝없이 근심하던 터에 그녀의 경고까지 한몫 거들어 나를 힘들게 했다. 그러나 나는 고통스러웠음에도 불구하고 그녀의 재치와 활달한 상상력에 귀를 기울이곤 했다.

왜 나는 이런 사소한 상황을 계속 말하는 것일까? 우리는 오랫동안 함께 살았다. 버사는 꼼짝도 못할 정도로 몸져눕고 말았다. 어머니가 아이에게 하듯, 나는 그녀를 보살폈다. 그녀는 점점 까다로워졌으며, 내가 그녀보다 얼마나 오래 살 것인가 하는 늘 똑같은 말만 되뇌었다. 성심껏 그녀에게 의무를 다할 수 있다는 사실이 어느 때보다 큰 위안이 되어주었다. 젊었을 때 그녀는 나의 것이었고, 늙어서도 나의 것이었다. 마침내 그녀의 시신에 흙을 덮었을 때, 진실로 나와 인간을 이어주던 끈을 모두 잃어버렸다는 느낌에 하염없이 흐느껴 울었다.

그날 이후, 근심과 고뇌가 얼마나 많았으며, 즐거움은 적어지고 얼마나 공허해졌던가! 나는 이쯤에서 내 이야기를 멈추고, 더 이상 들추지 않을 생각이다. 방향타나 나침반도 없이 거친 바다에 팽개쳐진 뱃사람, 표지판이나 길잡이 별 하나 없이 광활한 황야에서 헤매는 여행자, 내가 바로 그런 처지였다. 아니 그들보다 더 방황하고 더 절망했다. 가까이 지나가는 배 혹은 멀리 반짝이는 오두막의 불빛이 그들을 구할 수도 있지만, 내게는 죽는다는 희망 외에는 어떤 불빛도 없었다.

죽음! 불가사의하고 사악한 얼굴을 한 나약한 인간의 친구여! 그대의 피난처에서 왜 유독 나만 내치는가? 오, 무덤의 평화로움이여! 견고한 무덤의 깊은 침묵이여! 이제는 그런 생각도 내 머릿속에 떠오르지 않을 것이며, 깊은 슬픔에 의해 변화된 감정에도 내 심장은 더 이상 뛰지 않으리!

나는 불멸의 존재인가? 나는 처음의 질문을 곱씹는다. 우선, 연금술사의 묘약은 불멸의 삶이 아니라 장수에 불과한 사기극은 아닐까? 그것이 내 희망이다. 그 다음, 나는 그가 준비한 묘약의 반만 마셨을 뿐이다. 마법을 완성하려면 전부를 마셔야 했지 않을까? 악마의 묘약을 반만 들이켰으니, 절반의 불멸일 뿐이다. 그래서 내 불멸은 단축되고 무가치하다.

그러나 또 다른 의문, 불멸의 나머지 절반은 누구의 것인가? 나는 종종 영원을 나누는 법칙이 무엇일지 추측하려고 애쓴다. 때로는 내가 늙었다는 생각이 들기도 한다. 한 올의 흰 머리카락을 발견했으니까. 우둔한 놈! 나는 슬퍼하고 있는가? 그렇다, 늙음과 죽음의 두려움이 심장 속으로 싸늘하게 기어들곤 하니까. 살아 있음을 증오하면서도 나는 살아갈수록 더욱 죽음을 두려워한다. 주어진 자연의 섭리에 맞서 싸우다가 끝내 죽어야 할 운명으로 태어난 인간이야말로 불가사의한 존재다.

그런 관점에서 보면 나는 죽을지도 모른다. 연금술사의 묘약이 불과 칼, 숨 막히는 물속까지 견뎌내지는 못할 것이다. 나는 잔잔한 호수의 깊디깊은 푸른 물속을 숱하게 응시했고, 그 속의 평화를 떠올리며 거센 물줄기에 뛰어들고픈 충동을 느끼기도 했지만, 또 하루를 더 살기 위해 발길을 돌리곤 했다. 저승의 문을 여는 유일한 방법이 자살뿐인 사람에게 그것이 과연 죄악일지, 나는 스스로 물었다. 내 동료, 아니 동료라 할 수 없는 인간을 상대로 군인 혹은 결투자가 되어 파멸의 대상이 되는 것을 제외하고 나는 모든 것을 다했기에 의기소침해질 수밖에 없었다. 그들은 내 동료가 아니다. 내 육체에서 소멸되지 않는 생명력과 하루살이의 짧은 생을 사는 인간, 우리는 양극단처럼 멀리 떨어져 있다. 가장 비열하고 혹은 가장 힘센 인간에게조차 나는 싸움을 걸 수 없었다.

그렇게 나는 숱한 세월을 홀로 살았고, 나 자신에게 지쳐버렸다. 죽음을 갈망하고, 결코 죽지 않음을 확인하는 기나긴 불멸. 야망도 욕망도 없었으며, 심장을 갉는 열렬한 사랑도 다시 오지 않았다. 오로지 고통을 위해 살 뿐 늘어나는 생의 시간 외에 내가 찾을 수 있는 것은 없었다.

바로 오늘, 나는 모든 것을 끝낼지도 모르는 계획을 세웠다. 자살도 아니며, 또 다른 카인을 만들지도 않고, 내게 주어진 젊음과 힘을 다해도 유한한 인간이라면 도저히 살아남을 수 없는 여정을 떠날 것이다. 그래서 나는 내 불멸을 시험할 것이며 영원히 휴식을 취할 것이다. 아니면 인간이라는 경이롭고 축복받은 존재로 다시 돌아올지도.

여행을 떠나기에 앞서 참담한 공허를 못 이기고 이렇게 펜을 든 것이다. 죽지 않는다면 이름이 남지 않는다. 치명적인 묘약을 들이켠 지 삼백 년이 흘렀다. 또 한 해가 가기 전에 거대한 위험에 직면해야 한다. 위험 한복판에서 서릿발과 싸우고, 배고픔과 고단함과 폭풍우에 휩싸여, 자유를 갈망하는 영혼에게는 너무도 견고한 쇠창살이며 공기와 물의 파괴적인 힘에도 끄떡없는 이 육체를 버릴 생각이다. 혹시 내가 살아남는다면, 내 이름은 가장 유명한 인간 중 하나로 기록될 것이다. 살아서 여정을 마친다면 더욱 단호한 방법을 선택하여 이 육신을 구성하는 원자를 산산이 부수고 폐기할 것이다. 제 맘대로 생명을 가두고, 흐릿한 지상에서 불멸의 본질에 좀더 어울리는 세계로 비상할 수 없게 방해하는 너무도 잔인한 이 육체를.

여섯 번째 기묘

사악한 목소리

A Wicked Voice by Vernon Lee

우리 시대 최고의 작곡가가 되었다면서 사람들은 거듭 나를 축하해주었다. 귀청이 떨어질 듯한 오케스트라 효과와 시적인 치료 운운하는 요즘의 세태에서, 바그너의 터무니없는 새 유행을 경멸하고 헨델과 글루크(독일의 작곡가—옮긴이주), 하늘이 내린 모차르트의 전통으로 과감히 돌아와 최고의 멜로디를 지향하고 인간의 목소리를 존중한다고 말이다.

오, 저주받은 인간의 목소리, 섬세한 도구로 이루어진 육체의 바이올린이여, 악마의 교활한 손이여! 오, 형편없는 노래 기술이여, 그대들은 고귀한 천재들을 깎아내리고, 모차르트의 순수를 더럽혔으며, 헨델의 작품을 세련된 성악 연습곡으로 폄하하고, 오직 소포클레스와 에우리피데스와 위대한 시인 글루크의 시에 의해서만 고양될 수 있는 영감을 사취했다. 그럼으로써 그대들은 이미 지난 시절에 큰 실수를 저지르지 않았던가? 귀족들의 사랑이 유일한 재산일 뿐 재능은 천재의 발가락에도 못 미치는 요즘의 미천한 애송이 작곡가들을 엄하게 물리칠 생각은 않은 채, 사악하고 경멸스러운 성악가들만을 맹목적으로 숭배함으로써 백 년 동안 저지른 치욕이면 충분하지 않은가?

나아가 그들은 내가 죽은 대가들의 양식을 완벽히 재현했다고 찬사를 보냈다. 그들 가운데에는 내가 현대의 청중들을 고전음악의 세계로 이끌 수 있을지에 대해 매우 진지하게 묻는 이도 있었다. 나는 그런 일에 적당한 성악가를 찾고 싶다고 말해주었다. 가끔씩 사람들이 요즘의 세태를 말하면서 내가 바그너의 추종자라고 호언하는 것에 대해 크게 웃을 때면, 나는 느닷없이 우둔하고 유치한 격분에 빠져 소리치곤 했다. "어디 두고 봅시다!"

물론 두고 보면 알 일이다! 언젠가는 이 기이하기 짝이 없는 질병에서 벗어날 수 있지 않을까? 이 모든 것이 그저 터무니없는 악몽으로 보일 날이 올 수도 있을 것이다. 오페라 〈오지에 드 단마르슈Ogier de Danemarche〉(프랑스의 중세 무훈시이며 오지에는 그 주인공—옮긴이주)가 완성되는 날에는, 내가 시대를 앞서간 위대한 대가의 추종자였는지 아니면 과거의 비참한 성악 교사의 아류일 뿐이었는지 비로소 알게 될 것이다. 나를 옭아매고 있던 마법을 깨달은 뒤, 나는 반쯤 홀려 있었다. 멀리 노르웨이에 있는 내 어릴 적 보모는 옛날에는 평범한 남자와 여자의 반 정도가 늑대인간이었다고 종종 말했다. 그리고 만약 운명을 알려주는 도구를 찾아낸다면, 자신이 끔찍한 늑대인간으로 변할 것인지의 여부를 미리 알아낼 수 있다고도 했다. 나도 그런 경우는 아닐까? 예술적 영감은 구속되어 있지만, 내 이성은 아직 자유롭다. 그래서 나는 억지로 작곡해야 하는 음악과 나를 몰아붙이는 밉살스러운 힘을 경멸하고 혐오할 수 있는 것이다.

아니, 이 불가사의하고 기상천외한 복수심은 주제넘은 용기 때문에 가능한 것 아닐까? 부패한 과거의 음악을 집요한 증오심으로 연구하면서, 조금만 독특한 양식이면 뭐든 찾아내고, 사소한 타락의 사례까지 파고들기 때문이 아니냔 말이다.

한편 내 유일한 위안은 이러한 비참한 신세를 마음속으로 끝없이 떠올리는 것이다. 이번에도 이렇게 글을 써서, 아무도 읽지 않은 원고를 갈기갈기 찢어 불 속에 던져버릴 것이다. 그러나 누가 알겠는가? 검게 그은 마지막 원고가 타닥타닥 타들어가다 천천히 시뻘건 불씨 속으로 사라질 때, 혹시나 마법이 깨지고 내가 오래도록 갈망했던 자유와 사라진 천재성을 되찾게 될지.

더없이 밝은 보름달 아래 그 깊숙한 곳에서 꿈결 같은 광채가 절정에 오르고 바람 한 점 없던 어느 밤, 더위에 지친 베네치아는 강물 한복판에서 커다란 백합처럼 증기를 뿜고 있었다. 내 머리는 그 신비한 힘에 이끌려 어지러웠고 마음은 몽롱했다. 내가 찾아낸 케케묵은 백 년 전 악보집에서 흘러나오는 소곤거리는 발성과 나른한 선율로 인해 마치 정신적 말라리아에 걸린 것 같았다. 그날 저녁의 달빛과 그 초라한 예술가들의 하숙집에 있던 동료들은 지금도 눈에 선하다. 그들이 모여 앉아 저녁을 먹은 탁자에는, 빵 부스러기며 돌돌 말린 냅킨이며 여기저기 떨어져 얼룩진 포도주 방울, 일정한 간격으로 놓인 후추통, 이쑤시개, 피사의 대리석처럼 크고 딱딱한 복숭아들이 흩어져 있었다. 하숙생 전부가 모여들어서, 미국인 동판 화가가 나를 위해 가져온 판화를 얼이 빠져라 살펴보고 있었다. 내가 십팔 세기 음악과 음악가들에게 미쳐 있음을 잘 아는 그 미국인 화가는 상 폴로 광장에서 싸구려 판화집을 넘기다가 옛날 성악가의 초상화를 발견했던 것이다.

기분 나쁜 성악가, 목소리의 사악한 노예이자 얼간이, 인간 아닌 다른 존재가 만들어낸 도구에 불과하지만 인간의 육체를 빌려 태어난 족속, 영혼을 감동시키기보다 인간 본성에 숨어 있는 쓰레기 같은 부분만을 선동하는 자! 그는 야수가 불러낸 목소리로 인간의 깊숙한 내면에 잠든 또 다른 야수를 깨울 뿐이다. 세상의 모든 위대한 예술이 대천사처럼 억누르려 했던 야수가 여자의 얼굴을 한 악마의 모습으로 낡은 그림 속에 나타난 것은 아닐까? 사람들이 그토록 열광했던 목소리, 아니 그 목소리의 소유자이자 노예였던 성악가는 만인의 마음을 사로잡은 진정 위대한 성악가였을까, 아니면 사악하고 비열한 자였을까? 어쨌든 내 이야기를 해보겠다.

그때 탁자에 기대 판화집을 살펴보던 하숙집 동료들이 눈에 선하다. 판화집에는 비둘기 날개 모양의 머리를 한, 나약하게 생긴 아름다운 남자가 으리으리한 아치 아래에서 우쭐해하는 큐피드들에게 둘러싸여 자수가 놓인 호주머니 사이에 칼을 비켜 찬 채 명예의 여신이 선사한 월계관을 쓰고 앉아 있었다. 그 성악가를 향한 무의미한 탄성과 질문이 귓가에 다시 들려온다. "어느 시대 사람이야? 아주 유명한 사람이었어? 매그너스, 정말 그 사람 초상화가 맞는 거야?" 등. 그리고 그들에게 온갖 정보를 알려주는 내 목소리도 아득히 먼 곳에서 들려온다. 나는 너덜거리는 작은 책에 나온 대로 성악가의 생애와 그에 대한 비평을 말해주었다. 그 책의 제목은《음악 전성기의 극장: 혹은 저명한 성가 음악의 대가들과 세기적 거장에 대한 고찰》이었고, 저자는 프로스도치모 사바텔리 신부와 모데나 대학의 웅변학 교수인 바르날리테, 그리고 에반데르 릴리반이라는 목사 이름을 사용하던 아카디언 아카데미의 회원이었으며, 1785년 수도원장의 허가를 받아 베네치아에서 발행된 것이었다. 일설에 의하면 인간 음성의 위대한 지배자이자 악마로 알려진 복면의 이방인에게서 어느 날 밤 신비한 표식이 새겨진 사파이어를 선물 받고 차피리노라는 애칭을 사용했다는 그 성악가 발타사르 체사리에 대한 모든 것을 나는 동료들에게 말해주었다. 차피리노의 목소리는 고대와 현대를 통틀어 어떤 성악가보다 탁월했고, 그의 짧은 생애는 영광의 연속이었으며, 위대한 왕들의 총애를 한 몸에 받으며 가장 유명한 시인들의 시를 노래했다고 말해주었다. 그리고 마지막으로 프로스도치모 신부의 말을 덧붙였다. "(역사의 근엄한 뮤즈가 그 연애 사건에 귀를 기울였다면) 대부분의 아름다운 요정과 가장 고귀한 천상의 여성들까지 그를 사랑했노라는 기록을 남겼을 것이다."

친구들은 판화집을 힐끔거리며 더욱 마뜩찮은 말을 지껄인다. 나는 차피리노의 애창곡 하나를 연주하거나 불러보라는 — 특히 젊은 미국인 아가씨들에게서 — 요청을 받는다. "물론 독특한 음악에 대한 열정이 대단하신 우리의 거장 매그너스니까, 노래는 다 알고 있을 테지. 빼지 말고 피아노 앞에 좀 앉아보라니까." 나는 초상화를 손가락으로 돌돌 말면서 매우 무례하게 그들의 청을 거절한다. 두려우리만큼 저주스러운 열기, 저주스러운 달빛이 비추는 밤이었기 때문에 나는 매우 불안했다. 이 도시 베네치아는 결국 나를 죽이고 말 것이다! 형편없는 판화집에 있는 겉모습만 번지르르한 가수의 허명 때문에 내가 상사병에 걸린 풋내기 청년처럼 그토록 설레며 흐느적거렸단 말인가.

내가 퉁명스럽게 거절하자 친구들은 뿔뿔이 흩어지기 시작한다. 그들은 외출 준비를 하면서, 어떤 이는 석호에서 뱃놀이를 계획하고, 어떤 이는 성 마르코 성당 인근의 카페를 어슬렁거릴 생각을 하고 있다. 아버지의 투덜거림, 어머니의 넋두리, 어린 자녀들의 웃음소리, 그렇게 가족회의도 한창이다. 활짝 열린 창문마다 쏟아져 들어오는 달빛에 낡은 건물은 무도회장으로 바뀌고, 하숙집 식당은 저 멀리 뱃머리의 붉은 불빛에 모습을 감추고 곤돌라들이 물살을 헤치는 진짜 수면처럼 번쩍이며 물결치는 석호로 변한다. 마침내 모두 밖으로 나간다. 이제 내 방에 홀로 조용히 남을 수 있으니 오페라 〈오지에 드 단마르슈〉 작업을 조금은 할 수 있을 것이다. 아니, 할 수 없다! 친구들과 주고받은 대화가 되살아나고, 그 중에서도 내가 손가락으로 짓이겨버린 우스꽝스러운 초상화의 성악가 차피리노에 대한 이야기가 유독 생생히 기억난다.

특히 말을 많이 한 사람은 알비세 백작인데, 그는 구레나룻을 염색한 베네치아 토박이로, 큼지막한 체크 무늬 타이를 핀 두 개와 체인으로 고정시키고 있다. 그는 약해빠진 자기 아들과 어여쁜 미국인 아가씨를 맺어주려고 안달한 시시한 귀족일 뿐이다. 그가 지난 시절 베네치아에서 누렸던 영광과 저명한 가문에 대해 살살거리며 쏟아놓은 사탕발림에 아가씨의 어머니는 완전히 넋이 나가 있다. 귀족 출신의 늙은 얼간이가 시답잖은 연애질을 위해 하필 차피리노를 끌어들이다니, 어찌된 영문인가?

"차피리노, 그래 맞아요! 차피리노라 불렸던 발타사르 체사리." 알비세 백작은 콧소리를 내며 언제나 모든 문장의 마지막을 적어도 세 번씩은 반복한다. "그래, 차피리노, 맞아요! 내 조상 시대의 유명한 성악가. 그래, 내 조상 시대 말이오, 어여쁜 아가씨!" 곧이어 지나간 베네치아의 위대함, 고전 음악의 영광, 예전의 예술 학교 따위가 그가 매우 잘 아는 체하는 로시니와 도니체티의 일화와 버무려져 줄줄이 이어진다. 그리고 결국에는 저명한 자신의 가문 이야기로 연결된다. "저희 종조모 벤드라민께서 브렌타에 있는 미스트라 땅을 제게 상속해 주셨는데." 구제 불능의 장광설은 분명 무수한 여담으로 빠졌지만, 성악가 차피리노는 시종일관 영웅으로 떠받들고 있다. 이야기는 조금씩 명료해졌는데, 어쩌면 나 자신이 이야기에 좀더 주의를 기울인 탓인지도 모른다.

"그러니까 말입니다." 백작이 말한다. "노래 중에 〈남편의 숨결L'Aria dei Mariti〉이라는 독특한 곡이 하나 있는 것 같아요. 왜

냐하면 다른 노래에 비해 그리 인기를 얻지 못했는데요…. 행정장관 벤드라민과 결혼한 저희 종조모, 피사나 레니에르께서는 백 년 전에 이미 사라져가고 있던 고전학파의 든든한 후원자셨답니다. 종조모님의 미덕과 자부심은 누구도 따라갈 수 없었지요. 차피리노는 자신의 노래를 거절할 수 있는 여성은 없다고 공공연히 자랑하는 버릇이 있었어요. 그게 그 사람 노래의 특징이긴 하지만요. 이상적인 변화 말이오, 사랑하는 아가씨, 이상적인 변화가 두 세기에 걸쳐 일어난 겁니다! 차피리노의 첫 노래를 듣는 순간, 모든 여성은 창백하게 질려 시선을 떨어뜨리고, 두 번째 노래를 들으면 맹목적인 사랑에 빠져들었으며, 세 번째 노래는 그들을 그 자리에서 사랑 때문에 죽일 수도 있었지요. 그가 원한다면, 자신의 눈앞에서 말이지요. 저희 종조모님은 그런 이야기를 전해 듣고 크게 웃으시면서 그 건방진 강아지의 노래는 듣지 않겠다고 하셨지요. 그리고 〈젠틸돈나〉를 죽일 만한 마법과 지옥의 계약이라면 가능할지도 모르지만, 그런 천한 인간과 사랑에 빠지는 일은 절대 없을 거라고 덧붙이셨습니다. 절대! 당연히 저희 증조모의 말씀은 자신의 목소리에 대한 존경심이 부족한 사람을 어떻게 해서든 휘어잡는 데 혈안이 되어 있던 차피리노의 귀에 전해졌지요. 고대 로마인처럼, '로마인이여 기억하라. 그대는 뭇 백성들을 주권으로 통치하는 것이다. 평화로 법도를 부여하는 일, 이것이 그대의 예술이라' 뭐 그런 식이라고나 할까요. 학식이 높은 미국 숙녀분들은 제가 베르길리우스를 약간 인용한 것에 고마움을 느끼실 겁니다. 차피리노는 저희 종조모님을 피하는 척하면서 기회를 엿보던 중, 어느 날 저녁 그분이 참석한 대규모 회장에서 노래를 하게 됐습니다. 가여운 종조모님이 사랑에 빠져들 때까지 그는 노래를 부르고 또 불렀지요. 가여운 부인을 죽음으로 이끌었던 그 기묘한 병에 대해 당대 최고의 명의들도 설명을 하지 못했습니다. 그래서 행정장관 벤드라민은 부질없이 경배하는 성모님을 찾아가, 의술의 후원자인 성 코스마스와 성 다미아누스 앞에 커다란 금 촛대와 은 제단을 바치겠노라는 역시 부질없는 약속을 하게 되었지요. 행정관 벤드라민의 형님이자 아퀼레이아의 대주교로서 평생 거룩한 삶을 산 것으로 유명한 몬시뇨르(몬시뇨르monsignor는 로마 가톨릭에서 성직자에게 붙이는 칭호이다—옮긴이주) 알모로 벤드라민은 성 후스티나의 예언을 보게 되었어요. 그리고 기이한 병마에 시달리는 그의 제수를 구할 수 있는 유일한 방법이 차피리노의 목소리라는 정보를 알아냈지요. 그것을 알고도 가여운 종조모께서는 그런 정보에 굴복하지 않으셨답니다.

한편 행정관은 운 좋게 얻은 해결책에 마음을 빼앗겼지요. 대주교였던 그의 형은 차피리노를 따로 만나, 자신의 마차에 태워

동생이 머물고 있는 미스트라 저택으로 데려왔답니다. 무슨 영문인지 사정을 전해 들은 가엾은 종조모님은 격분하시다가 이내 격렬한 기쁨의 발작을 일으키셨다는군요. 그러나 그분은 자신의 고귀한 신분을 결코 잊지 않았답니다. 죽음을 앞둘 정도로 병이 깊었음에도 불구하고 가장 훌륭한 의복을 골라 입으시고 화장을 하셨으며 다이아몬드 장신구를 하나도 빠뜨리지 않으셨지요. 마치 그 성악가 앞에서 당신의 완벽한 위엄을 확인시키시려는 것 같았답니다. 그렇게 종조모님은 미스트라 저택의 커다란 무도장에서 기품 있는 차양 아래 놓인 소파에 몸을 기댄 채 차피리노를 맞았습니다. 벤드라민 가문은 신성로마 제국의 왕족이자 영지를 소유한 만투아 가문과 결혼했기 때문이지요. 차피리노는 지극한 존경심으로 종조모께 인사를 올렸지만 두 사람 사이에는 한마디 말도 오가지 않았답니다. 다만 성악가는 대주교에게 고귀한 부인이 성찬을 받았는지에 대해서만 물었지요. 그 말을 들은 종조모님은 대주교에게 아주버니께서 직접 병자 성사를 해달라고 청하셨지요. 차피리노는 어떤 명령이든 따를 준비가 되어 있다고 말한 뒤 곧장 하프시코드(하프시코드는 쳄발로라고도 하며 16~18세기에 사용한 피아노의 전신을 말한다—옮긴이주) 앞에 앉았습니다.

그의 노래는 더없이 거룩했습니다. 첫 번째 노래가 끝날 무렵, 종조모님은 이미 몰라볼 정도로 회복된 상태였습니다. 두 번째 노래가 끝났을 때, 그녀는 완전히 치유된 모습으로 아름답고 행복한 미소를 머금었지요. 그러나 세 번째 노래—당연히 〈남편의 숨결〉이었지요—를 들으면서 그녀는 겁에 질린 표정으로 바꾸기 시작했답니다. 섬뜩한 비명을 지르고 죽음의 경련을 일으켰어요. 그리고 십오 분 뒤 그녀는 죽었습니다! 차피리노는 그녀의 죽음을 지켜보지 않았습니다. 노래를 마치고 곧바로 집을 나와 역마차를 타고 뮌헨까지 밤낮으로 달려갔지요. 아는 사람 중에 상을 당한 사람은 없다고 말했지만, 미스트랄에서 상복을 입고 있는 그를 본 사람들이 있었습니다. 게다가 그는 권세가의 보복이 두려웠는지 미리부터 떠날 채비를 끝낸 상태였지요. 그런데 그가 노래를 시작하기 전에, 종조모님이 병자 성사를 받았는지 물은 것도 어찌 보면 기이한 일이지요…. 아니, 됐습니다, 부인. 궐련은 피우지 않아요. 부인과 아름다운 따님이 허락하신다면, 시가를 피웠으면 하는데 괜찮겠습니까?"

자신의 입담에 황홀해진 알비세 백작은 애정과 돈을 동원하면 모녀를 낚아챌 수 있으리라 자신하고 촛불을 켰다. 그리고 시가를 피우기 전에 소독을 하느라 기다랗고 검은 이탈리아 시가를 촛불에 갖다 댔다.

이런 상태가 계속된다면 의사를 찾아가야 할지도 모른다. 알비세 백작의 이야기를 듣는 동안, 내 심장은 점점 더 우스꽝스럽게 두근거리고 기분 나쁜 식은땀이 쏟아지고 있다. 멋쟁이 성악가와 허영심 강한 귀부인의 황당무계한 이야기에 온갖 얼뜬 설명이 보태지는 동안, 나는 태연한 척 판화집을 다시 펼쳐 한때 이름을 날렸지만 지금은 철저히 잊혀진 차피리노의 초상화를 멍하니 바라보기 시작한다. 큐피드에 둘러싸여 뚱보 식모가 선사하는 월계관을 쓴 채, 으리으리한 아치 아래 포즈를 취하고 있는 기막힌 얼치기 성악가. 얼마나 무의미하고 밋밋하고 저속한가, 정말이지 지긋지긋한 십팔 세기여!

그러나 한 사람으로만 대할 때, 그는 생각처럼 생기 없는 남자는 아니다. 이상하리만큼 뻔뻔하고 냉정한 미소를 머금은, 나약하고 통통한 얼굴은 빼어난 편이다. 스윈번과 보들레르를 읽던 소년 시절에 꿈속에서 보았던 복수에 찬 사악한 여인들의 얼굴이 그와 비슷했다. 아, 그렇다! 정녕 수려한 용모의 소유자였던 차피리노, 그의 목소리도 역시 사악한 아름다움과 표현을 지니고 있었으리라….

"어서, 매그너스," 동료 하숙인들의 목소리가 들려온다. "이 친구야, 빼지 말고 저 늙은 성악가의 노래 한 곡만 불러달라니까. 불쌍한 귀부인을 죽였다는 걸 믿게 만들 노래라면 아무거나 괜찮다고."

"맞아요! 〈남편의 숨결〉." 검은 시가의 독한 연기 사이로 늙은 알비세가 중얼거린다. "가엾은 우리 종조모, 피사나 벤드라민. 그 자가 우리 종조모님을 노래로 죽였고, 그 중에 〈남편의 숨결〉이 들어 있었소."

나는 까닭 모를 분노가 치솟는 것을 느낀다. 머릿속의 피가 솟구치고 미칠 지경으로 만드는 것이 이놈의 끔찍한 심장 박동 때문인가? (그러고 보니, 고향 친구인 노르웨이 의사가 지금 베네치아에 있기는 하다.) 피아노와 가구 주변으로 모여든 사람들, 그들의 모습이 한데 뒤엉켜 움직이는 얼룩으로 변하는 것 같다. 나는 노래를 준비한다. 내 눈에 또렷한 것이라고는, 하숙집 피아노 가장자리에 놓여 있는 차피리노의 초상화뿐이다. 통풍 장치 때문에 흔들리던 촛불에서 촛농이 떨어지고, 덩달아 초상화가 펄럭거릴 때마다 육감적이고 나약한 얼굴과 사악하고 냉소적인 미소가 사라졌다 나타나곤 한다. 나는 미친 듯이, 무슨 곡인지도 모른 채 노래를 부르기 시작한다. 그래 조금씩 무슨 노래인지 알 것 같다. 십팔 세기 노래 중에서 베네치아 사람들이 지금 유일하게 기억하고 있는 〈곤돌라의 금발 처녀〉에 떨림과 억양, 나른하게 높아졌다가 낮아지는 음, 온갖 익살스러운 몸짓까지 보태어 고전학파의 고상함을 한껏 흉내 내며 노래하고 있다. 깜짝 놀랐던 사람들이 정신을 차리고 폭소를 터뜨릴 때까지, 나 역시도 가사 중간 중간 미친 듯이 웃어대다가 마침내는 미련스럽고 야만적인 웃음 속에 목소리가 잠겨버릴 때까지…. 나는 멋들어진 마무리를 위해, 사악한 여인의 얼굴로, 얼빠진 조롱의 미소로 나를 바라보고 있는 오래전 죽은 성악가를 향해 주먹을 흔든다.

"아! 당신은 나한테도 복수를 하고 싶다는 건가!" 나는 소리친다. "당신을 위해, 멋진 룰라드(룰라드roulade는 장식음으로 삽입된 빠른 연속음을 말한다—옮긴이주)와 장식음으로 또 하나의 〈남편의 숨결〉을 작곡해 달라는 건가, 차피리노!"

그날 밤 나는 아주 기묘한 꿈을 꾸었다. 가구가 드문드문 놓인 커다란 방에서 열기와 냉기 때문에 숨이 막혔다. 공기는 온갖 종류의 흰 꽃이 뿜어내는 향으로 가득 찼고, 나는 참을 수 없는 향기의 감미로움에 정신이 아찔하고 무거웠다. 나는 월하향, 치자, 재스민 향기에 축 늘어졌지만 꽃병이 어디에 있는지도 알지 못했다. 대리석 바닥은 달빛에 번쩍이는 얕은 연못으로 변해 있었다. 침대는 무더위 때문에 유행 지난 옛날 비단처럼 작은 꽃다발과 어린 나뭇가지가 그려진 구식의 커다란 목재 소파로 바뀌어 있었다. 나는 거기에 누워 잠들 생각은 하지 않고, 가사를 붙이느라 오랫동안 공을 들인 오페라 〈오지에 드 단마르슈〉를 떠올리고 있었다. 과거라는 활기 잃은 석호에 떠 있는 기묘한 도시 베네치아에서 내가 찾고 있는 영감을 그 음악에 담고자 소망했던 것이다. 그러나 베네치아는 내 모든 생각을 절망적인 혼란 속에 내

동댕이쳤을 뿐이다. 오래전에 죽은 멜로디의 독기가 옅은 물에서 솟아오르는 것 같았다. 내 영혼은 역겨우면서도 매혹적인 그 독기에 사로잡혔다. 나는 소파에 누워, 반짝이는 수면에 달빛이 떨어질 때마다 희끄무레한 빛이 점점 더 높게 솟구치다가 여기저기 흩어지는 모습을 지켜보았다. 거대한 그림자가 열려진 발코니의 통풍구 주변에서 이리저리 흔들렸다.

나는 노르웨이의 옛 이야기를 곱씹었다. 샤를마뉴 대제의 열두 기사 중 하나였으며, 카이사르 황제에게 붙잡혀 오베론 왕에게 아들로 넘겨졌던 오지에가 성지에서 고향으로 돌아오는 길에 요괴의 유혹을 받은 일, 단 하루를 그 섬에서 지체했을 뿐이지만 그가 고향에 돌아갔을 때는 모든 것이 변해 있었던 일. 친구는 죽고 가족은 왕위를 빼앗겼으며, 그를 알아보는 사람은 아무도 없었다. 마침내 그는 거지처럼 여기저기를 유랑하기에 이르렀고, 가난한 음유시인만이 그의 고통을 안타까이 여겨 오래전에 죽은 영웅의 무용담을 노래로 만들어 바쳤으니, 그것이 곧 용감한 기사 〈오지에 드 단마르슈〉였다.

깨어 있을 때처럼 생생하게 꿈속까지 줄달음친 오지에 이야기는 조금씩 흐릿해져 갔다. 나는 이제 스며든 빛과 흔들리는 그림자가 함께 펼쳐진 달빛 연못이 아니라 커다란 응접실의 프레스코 벽화를 보고 있다. 잠시 후 깨달은 것인데, 그곳은 지금 하숙

집으로 바뀌었지만 예전에는 베네치아인의 궁전이었다. 예전에는 훨씬 커다란 무도회장이었을 그곳은 거의 팔각에 가까운 형태로 되어 있었고 벽토로 둘러싼 여덟 개의 거대한 흰색 문이 있었다. 높다란 둥근 천장 아래 있는 여덟 개의 갤러리 혹은 극장의 칸막이 좌석처럼 움푹 들어간 방들은 틀림없이 음악가와 관중을 위해 만들어진 공간이었다. 긴 줄에 매달린 커다란 거미처럼 천천히 회전하는 여덟 개의 샹들리에 중에서 오직 하나만 불이 들어와 있었기 때문에 그리 밝지는 않았다. 불빛이 닿는 곳은 반대편에 있는 벽토 장식과 웅장하게 펼쳐진 프레스코 벽화였는데, 거기에는 이피게네이아(이피게네이아Iphigeneia는 그리스 신화에서 미케네의 왕 아가멤논과 아내 클리템네스트라 사이에서 태어난 딸이다—옮긴이주)의 희생, 로마식 투구를 쓴 아가멤논과 아킬레스가 그려져 있었다. 불빛은 지붕 쇠시리에 있는 유화를 비추었는데, 황색과 연한 자색의 옷을 입은 여신 하나가 커다란 초록빛 공작을 배경으로 해서 원근법으로 그려져 있었다. 불빛이 닿는 대로 방 안을 둘러보다가 으리으리한 황색 새틴 소파와 금박의 육중한 연주대를 발견했다. 한쪽 구석의 어둠 속에는 피아노 같은 것이 있었고, 좀더 멀리 떨어진 곳에는 로마 궁전의 대기실을 치장하는 거대한 닫집도 보였다. 그곳이 어디인지 의아해하며 나는 계속 두리번거렸다. 그곳을 채운 짙은 향기는 복숭아를 떠올리게 했다.

조금씩 소리가 들려왔다. 만돌린을 연주하듯 나지막하고 날카로운 금속성의 분방한 연주음, 그리고 속삭임처럼 아주 낮고 감미로운 목소리가 점점, 점점 더 크게 들려왔고, 기이하고 이국적이며 독특한 떨림은 공간을 완전히 채워버렸다. 음악은 계속되고, 더욱 커져 갔다. 돌연 찢어지는 비명과 누군가 바닥에 쓰러지는 소리에 이어 억눌린 외침이 들려왔다. 닫집에 가려졌던 불빛이 갑자기 나타났다. 방 안에 검은 형체들이 이리저리 움직이는 가운데, 한 여자가 바닥에 누워 다른 여자들에 둘러싸여 있었다. 그녀의 헝클어진 금발은 찬란한 다이아몬드 광택처럼 어스름한 방 안을 가르며 흩어졌다. 보석 달린 능라(綾羅)의 앞섶에서 하얀 가슴이 빛나고 있었다. 둘러선 여자 가운데 한 명이 그녀를 부축하려고 애썼지만, 그녀는 사지가 부러졌는지 부축하는 여자의 무릎 쪽으로 가늘고 흰 팔을 늘어뜨렸다. 갑자기 바닥에 물방울이 튀어 올랐고, 더욱 혼란스러운 외침과 거칠게 끊어지는 신음, 쿨럭 거리는 섬뜩한 소리가 들려왔다…. 나는 깜짝 놀라 잠에서 깨어 창문으로 뛰어갔다.

푸르스름한 안개를 피우는 달빛 속에 교회와 성 게오르기우스 성당의 종루가 어렴풋이 나타났고, 그 앞에 커다란 증기선이 붉은빛의 삭구와 검은 선체를 드러낸 채 정박해 있었다. 석호에서 축축한 해풍이 일었다. 무엇이었을까? 아! 집히는 것이 있다. 늙은 알비세 백작의 이야기, 종조모 피사나 벤드라민의 죽음과 관련된 이야기 말이다. 그래, 내가 그 꿈을 꾸고 있었던 거야.

나는 방으로 돌아와 불을 켜고 책상 앞에 앉았다. 잠들기는 글렀다. 오페라를 완성하고 싶었다. 한두 번, 오랫동안 찾아온 주제를 포착한 기분…. 그러나 그 주제를 붙잡으려는 순간마다 마음 속 아득한 곳에서 첼로처럼 긴 선율로 들릴 듯 말 듯 강렬하면서도 미묘하게 전해져 오는 목소리가 있었다.

예술가에게는 자신만의 영감을 포착하지 못하고 그 정체를 정확히 모를 때조차, 오래도록 갈망해온 그것에 바짝 다가섰음을 직감하는 순간이 있다. 환희와 공포가 뒤섞인 감정이 하루 전 혹은 한 시간 전쯤, 이제 곧 영감이 영혼의 문턱을 지나 환희로 충만할 거라 예고하는 것이다. 나는 하루 종일 홀로 조용히 남겨지기를 원했고, 어둠이 깔리자 석호의 가장 한적한 지점으로 향했다. 모든 것이 내가 곧 영감을 만나리라고 말해주는 것 같았고, 나는 사랑하는 이를 기다리는 연인처럼 그것이 나타나기만을 기다렸다.

잠시 곤돌라를 세우고, 달빛에 흠뻑 젖은 수면이 부드럽게 흔들리는 대로 몸을 맡기자 상상의 세계의 입구에 서 있는 기분이 들었다. 그 세계는 손에 잡힐 듯 푸르스름한 안개에 감싸여 있었다. 달빛과 잔물결의 일렁임으로 적막함이 고조되는 바다 저편, 정박한 검은 배 같은 작은 섬들을 향해 달빛은 반짝이는 길을 잘라 만들어놓았다. 과수원에서 들려오는 벌레의 울음소리도 변함없는 침묵을 거들 뿐이었다. 용사 오지에는 바로 저 바다를 향해 하며 이제 곧 요녀의 무릎에서 잠들게 될 것이고, 그동안 수백 년 후 영웅의 세계가 지고 산문의 시대가 도래할 것임을 예감했을지도 모른다.

곤돌라가 달빛 젖은 수면에 멈춰 서서 흔들리는 동안, 나는 사라져 가는 영웅 세계의 황혼을 떠올리고 있었다. 위대한 용사의 타락한 후손들에게 선체에 부딪치는 물결의 찰랑거림은 이제는 잊혀진 갑옷 소리와 녹슨 성벽을 가르는 칼날 소리처럼 들려왔다. 내가 '오지에의 무용담'이라고 이름 붙인 주제를 찾아 오랫동안 헤매는 동안, 그것은 때때로 오페라의 작업 과정에 나타났고 마침내는 음유시인의 노래가 되어 영웅은 이미 오래전에 죽은 세계의 일부일 뿐임을 말해주었다. 그럴 때면 나는 주제를 붙잡은 느낌이 들었다. 그러나 느낌은 찰나에 지나지 않았으며, 어느새 영웅의 장례식을 알리는 야만적인 음악에 압도되는 일이 많았다.

석호 저편에서 갑자기 찢어질 듯 시끄러운 소리, 달빛마저 물결을 놀래켜 그 침묵을 흐트러뜨릴 만한 목소리가 음악의 물결처럼 운율과 떨림으로 쇄도하기 시작했다.

나는 의자 깊숙이 몸을 기댔다. 감겨진 눈앞에서 영웅의 시절은 사라지고, 느닷없는 목소리처럼 흩어졌다가 뒤엉키듯 무수한 별들이 춤을 추고 있었다.

"뭍으로! 어서요!" 나는 곧돌라 사공에게 소리쳤다.

그러나 소리가 멈추었다. 달빛에 물든 과수원의 뽕나무와 검은 그림자로 흔들리는 자두나무 가지에서 귀뚜라미의 단조롭고 어지러운 울음소리만이 들려왔다.

나는 주위를 둘러보았다. 집이나 교회 하나 없는 텅 빈 모래언덕과 과수원, 초원이 한쪽으로 스치고, 섬들이 검게 모여 있는 먼 수평선까지 푸른 안개 자욱한 바다가 거침없이 펼쳐져 있었다.

나는 달려드는 현기증에 정신을 잃을 것 같았다. 돌연, 나지막한 비웃음처럼 단음계의 발성이 또 한 차례 물결이 되어 석호를 휩쓸었다.

그리고 또다시 정적이 찾아왔다. 침묵이 길게 이어지는 동안 나는 다시 오페라 생각에 빠져들었다. 조금 전까지 잡힐 듯했던 주제가 다시 떠오르기를 기다렸다. 그러나 소용없었다. 내가 숨을 헐떡이며 지켜 서서 기다린 것은 그 주제가 아니었다. 귀데카 인근의 석호 한복판에서 달빛처럼 가늘어 거의 알아들을 수는 없었지만 아주 서서히 높아지며 형체를 띠게 된, 독특하면서도 완전하고 열정적인 그러나 미묘하고 부드러운 베일에 싸여 설명할 수 없는 웅성거림이 들려왔을 때, 나는 문득 망상에서 깨어났다. 소리는 점점 강렬해지고 더 따듯하고 더 열정적으로 변하다가 마침내 기이하고 매혹적인 베일을 뚫고 놀라운 떨림과 도도한 승리의 환희 속에서 또렷이 솟구쳤다.

숨 막히는 정적이 흘렀다.

"성 마르코 성당 쪽으로!" 나는 소리쳤다. "어서요!"

곤돌라는 길게 반짝이는 달빛을 헤치며 미끄러졌고, 거울의 이미지처럼 노란 불빛이 드리워진 성 마르코 성당의 둥근 천장, 그리고 푸르스름한 밤하늘을 향해 수면 위로 솟구친 첨탑과 분홍빛 종루의 그림자를 지나갔다.

두 개의 광장 가운데 넓은 쪽에서는, 군악대가 로시니의 크레센도의 끝부분을 힘차게 연주하고 있었다. 거대한 야외 무도회장 여기저기에 흩어져 있는 군중 사이에서 야외 음악에 걸맞은 시끄러운 소음이 들려왔다. 달그락거리는 스푼과 유리잔, 부스럭거리고 삐거덕거리는 프록코트와 의자, 보도에 부딪쳐 딸그락거리는 칼집 소리. 브랜드를 홀짝이는 숙녀들에게 은근한 눈길을 던지는 유행에 민감한 젊은이들, 명망 있는 가족 모임에 빽빽이 들어선 하얀 옷차림의 젊은 아가씨들이 서로 팔짱을 끼고 오가는 사이를 헤치며 걸어갔다. 자리를 잡고 앉은 플로리언 상점

앞에는 손님들이 기지개를 펴며 떠날 채비를 했고 종업원들이 빈 컵과 쟁반을 부딪치며 분주히 움직이고 있었다. 나폴리 사람처럼 차려입은 두 남자가 기타와 바이올린을 옆구리에 끼고 자리를 떠나려던 참이었다.

"잠깐!" 나는 그들에게 외쳤다. "아직 가지 마시오. 노래, 〈카메셀라〉 아니면 〈푸니쿨리 푸니쿨라〉 뭐든 상관없으니 떠들썩하게 노래를 한 곡 불러주시오." 그들이 찢어질 듯 귀에 거슬리는 노래를 시작했을 때, 나는 또 덧붙였다. "좀더 크게 부를 수 없겠소. 더 크게! 더 크게 불러주시오. 알겠소?"

나는 망령처럼 나를 따라다니는 목소리를 쫓아버릴 만큼 저속하고 끔찍한 고함과 불협화음이 필요했다.

낭만적인 아마추어 가수가 해안의 정원 혹은 석호의 눈에 띄지 않는 곳에 숨어들어 얼치기 장난을 치고 있는 것이라고, 흥분한 내 정신이 달빛과 바다 안개에 속아 평범한 룰라드를 보르도니 또는 크레센티니로 착각한 것이라고 몇 번이고 혼잣말로 중얼거렸다.

그럼에도 나는 그 목소리에서 벗어나지 못했다. 때때로 내 오페라는 가공의 목소리에 이끌렸고, 그때마다 스칸디나비아의 영웅적 하모니는 여전히 저주스러운 목소리에 실려 오는 관능적인 가사와 화려한 운율 속으로 기이하게 뒤섞여버렸다.

성악에 시달리게 되다니! 공공연히 성악을 경멸한다고 말해 온 사람에게 참 우스운 일이었다. 그런데도 여전히 나는 어느 유치한 아마추어 가수가 달을 향해 노래하며 장난질을 하는 거라 믿고 싶었다.

어느 날, 수없이 똑같은 생각에 빠져 있던 나는 친구가 벽에 꽂아둔 차피리노의 초상화를 무심코 바라보았다. 나는 초상화를 떼어 갈가리 찢어버렸다. 그러나 금세 바보 같은 행동을 부끄러워하며 찢겨진 초상화 조각들이 창가 밑 수면에서 미풍에 따라 이리저리 흔들리는 것을 바라보았다. 너무도 부끄러웠다. 가슴이 터질 듯 뛰었다. 이 저주받은 베네치아에서, 오래된 폐가처럼 낡은 잡동사니와 화향(花香)으로 숨 막히는 밀실의 공기, 그리고 나른한 달빛 속에서, 나는 얼마나 비참하고 무기력한 벌레가 되어버렸는가!

그러나 그날 밤은 좀 나은 것 같았다. 오페라는 어느 정도 진전을 보았다. 중간 중간 나도 모르게 수면에서 일렁이던 찢겨진 초상화를 떠올릴 때면 즐겁기도 했다. 그런데 밤에 대운하의 호텔 아래 정박해 있는 어느 유람선에서 거친 목소리와 듣기 고약한 바이올린 소리가 들려오자, 피아노 앞에 있던 나는 다시 신경이 곤두섰다. 달은 이미 진 후였다. 발코니 아래로 물결이 검은빛으로 멀리까지 펼쳐져 있었고, 그 어둠은 유람선을 시중들기 위해 모여든 곤돌라 무리의 더 짙은 어둠에 닿아 있었다. 유람선의 불빛 아래 몇몇 가수의 얼굴, 형편없는 기타와 바이올린이 불그스름하게 빛났다.

"잠모, 잠모, 잠모, 자." 거칠고 시끄러운 목소리에 이어 고함 소리처럼 찢어지는 콧소리가 들려왔다. "푸니쿨리, 푸니쿨라, 푸니쿨리, 푸니쿨라, 잠모, 잠모, 잠모, 잠모, 자."

인근 호텔에서 "앙코르! 앙코르!" 하는 몇 명의 외침이 들려왔고, 박수 소리와 보트를 부르는 동전 소리, 몇 대의 곤돌라가 그쪽으로 방향을 틀어 노를 젓는 소리가 이어졌다.

"〈카메셀라〉를 불러주시오." 몇 사람이 외국인 억양으로 노래를 신청했다.

"아니야, 아냐! 〈산타 루치아〉."

"나는 〈카메셀라〉를 듣고 싶어."

"아니라니까! 〈산타 루치아〉. 이봐요! 〈산타 루치아〉로 해요. 알았죠?"

초록, 파랑, 빨강 불빛 아래서 음악가들은 엇갈린 신청곡을 놓고 서로 소곤소곤 의견을 나누었다. 잠깐의 망설임 끝에 바이올린이 지금도 베네치아에 잘 알려져 있는 선율의 서주를 연주하기 시작했다. 수백 년 전, 왕족 그리티가 가사를 붙이고 이름 모를 작곡가가 곡을 썼다는 〈곤돌라의 금발 처녀〉였다.

저주스러운 십팔 세기여! 그 짐승 같은 인간들이 나를 방해하려고 하필 그 곡을 택한 것은 치명적인 악의로밖에는 보이지 않았다.

마침내 긴 서주가 끝나고, 갈라진 기타 소리와 끽끽거리는 바이올린에 이어 들려온 것은 코맹맹이 합창일 거라는 예상과 달리 나지막한 목소리였다.

피가 솟구치는 기분이었다. 내가 너무도 잘 알고 있는 목소리! 방금 말했듯이 나지막했지만, 그 목소리는 뜻밖에 절묘하고 기이한 음색으로 운하 구석구석을 채우고 있었다.

강하면서도 더없이 달콤한 음으로 길게 늘어지는 목소리, 그것은 여성이 느끼는 남성의 소리였으며, 거세된 소년 성가대원의 목소리처럼 투명하고 순결했다. 목소리는 쏟아지는 눈물을 참듯 여전히 푹신푹신한 외피에 감싸인 채 싱그럽고 앳된 기운을 억누르고 있었다.

우레와 같은 박수 소리가 낡은 건물을 돌아 메아리쳤다. "브라보! 브라보! 고마워요. 잘 들었어요! 한 번 더 불러주세요. 누군데 그토록 잘 부르죠?"

선체가 서로 부딪치고 노가 첨벙거리는 소리에 이어 곤돌라 사공들이 뱃길을 잡기 위해 애쓰며 내뱉는 욕설이 들려왔다. 곤돌라의 뱃머리에 달린 붉은 램프 불빛이 유람선을 화려하게 비추었다.

그러나 유람선에서는 아무런 인기척이 없었다. 박수를 받아야 할 사람이 그곳에 없었던 것이다. 한편 사람들이 박수를 치며 큰 소리로 앙코르를 재촉하는 동안, 작은 배 한 척이 곤돌라 무리에서 빠져나와 멀어졌다. 그 곤돌라는 순식간에 시커먼 물결 저편으로 흘러갔다가 이내 어둠 속으로 사라졌다.

그 불가사의한 가수를 놓고 며칠 동안 화제가 만발했다. 유람선 사람들은 그들 외에 배에 오른 사람은 없다고 잘라 말했고, 목소리의 주인공에 대해서는 다른 사람과 마찬가지로 아는 바가 없었다. 곤돌라 사공들은 먼 옛날 공화국에서 스파이 활동을 하던 사람들의 후손이었지만 수수께끼를 풀지 못하기는 매한가지였다. 베네치아에는 금세 떠올릴 만큼 저명한 음악가가 없었다. 그래서 사람들은 다들 유럽의 유명한 가수였을 거라고 생각했다. 그 기이한 일 가운데서도 가장 기이한 점은 음악에 소양 있는 사람들 사이에서조차 목소리의 정체에 대해 서로 주장이 엇갈렸다는 것이다. 온갖 이름과 수식어가 중구난방 엇갈리는 가운데, 그 목소리가 여자의 것인지 남자의 것인지에 대해서도 다툼이 일었고, 저마다 의견이 분분했다.

그 요란한 음악 논쟁에서 유일하게 나만이 아무런 의견을 말하지 않았다. 그 목소리에 혐오감이 치솟아서 도저히 입에 올릴 자신이 없었기 때문이다. 친구들이 진부한 억측에 열을 올릴 때면, 나는 언제나 자리를 피해 방을 나와버리곤 했다.

한편 오페라 작업은 날이 갈수록 어려워졌고, 나는 극도의 무력감에서 벗어나자마자 까닭 모를 불안 상태로 빠져들었다. 매일 아침 훌륭한 타개책과 원대한 오페라 계획을 떠올리며 잠에서 깼지만, 아무런 진전 없이 잠자리에 들기 일쑤였다. 발코니에 기대 몇 시간을 흘려보내고, 푸른 하늘 아래 뒤얽힌 골목길을 배회하면서 그 목소리를 떨치려고 부질없이 애써 보기도 했지만, 어느새 기억 속에서 생생히 되살아나곤 했다. 목소리를 머릿속에서 떨쳐버리려고 애쓸수록, 부드러운 베일에 가려진 그 비범한 음색에 대한 갈증도 심해졌다. 오페라 작업에 집중해 보았지만 곧바로 잊혀진 십팔 세기의 너절한 곡조와 생기 없고 하찮은 가사에 사로잡힐 뿐이었다. 그러고는 쓰디쓴 심정으로 그 노래들을 그 목소리가 부른다면 어떤 음색이 나올까 궁금해했다.

마침내 의사를 찾아가야 할 지경에 이르렀다. 그러나 나는 신중하게 질병의 기묘한 증상들은 의사에게 말하지 않았다. 의사는 석호의 공기와 무더위 때문에 약간 쇠약해진 것이라고 쾌활하게 말했다. 강장제를 먹고 시골에서 한 달 정도 푹 쉬면서 승마를 즐기면 건강이 회복될 거라고 했다. 의사에게 함께 가겠다며 억지로 따라온 늙은 게으름뱅이 알비세 백작은 내륙에서 옥수수수확을 감독하느라 따분해 죽을 지경이라는 자신의 아들과 함께 지내는 것이 어떻겠냐고 즉석에서 제안했다. 맑은 공기, 지천으로 널린 말(馬), 평화롭기 그지없는 주변 환경에서 전원생활을 만끽할 수 있을 것이라고 그는 장담했다. "잘 생각해보게, 매그너스. 당장 미스트라로 가는 거야."

미스트라, 그 이름을 듣는 순간 나는 온몸에 전율을 느꼈다. 백작의 제의를 거절하려는 순간, 마음속에 정체 모를 생각이 느닷없이 떠올랐다.

"좋습니다. 백작님." 나는 대답했다. "즐겁고 감사한 마음으로 백작님의 초대를 받아들이겠습니다. 내일 미스트라로 떠나죠."

다음 날 나는 파도바에서 미스트라 저택을 향해 가고 있었다. 감당할 수 없었던 짐을 벗어놓고 온 기분이었다. 실로 오랜만에 마음이 가뿐했다. 구불구불 거친 길을 따라 음울하게 비어 있는 집, 건물 여기저기 닫히고 열려 있는 덧문과 벗겨진 회벽, 마른 나무와 억센 잡초로 채워진 한적한 광장, 질펀한 운하 속에서 무너져가는 옛 시절의 영광을 반추하는 베네치아의 정원 딸린 저택들, 대문 없는 정원과 정원 없는 대문들, 어딘지 모를 곳으로 줄달음치는 거리, 장님과 발 없는 거지와 교회지기의 넋두리, 이처럼 팔월의 맹렬한 태양 아래 판석과 쓰레기 더미, 잡초 사이에서 마법처럼 튀어나오는 그 모든 쓸쓸함에 나는 오히려 유쾌하고 기꺼워했다. 게다가 안토니우스 성당에서 우연히 들려온 음악 미사로 인해 내 기분은 더욱 고조되었다.

이탈리아에서는 신성한 음악의 형태로 온갖 진기한 것들을 제공하고 있지만, 나는 지금껏 성가와 견줄 만한 음악을 들어본 일이 없다. 비음 섞인 성직자의 웅숭깊은 영창으로 빠져들었다가 돌연 아이들의 합창이 어우러지는, 어떤 시대와 곡조와도 다른 노래였다. 째지는 소년들의 합창에 퉁명스럽게 화답하는 성직자, 의기양양한 오르간 소리와 뒤죽박죽 정신없이 뒤섞이는 고함 소리, 개와 고양이와 나귀의 울음소리는 그레고리안 성가의 느린 전조를 유쾌하게 방해하는데, 이 정도면 중세 시대 바보들의 향연이나 마녀의 회합에서나 느껴질 생기를 떠올릴 만했다. 음악의 기괴함을 호프만식의 환상적인 분위기로 만드는 요인 중에는 무수한 대리석 조각상과 번쩍이는 청동상, 흘러간 성 안토니우스 시절의 장대한 음악적 전통을 빼놓을 수 없다. 랄랑드와 버니 같은 옛 여행가들의 글을 통해서 나는 성 마르코 시절의 공화국이 묘비와 장식뿐 아니라 거대한 음악의 성당을 지상에 세우는 데도 막대한 돈을 썼음을 알고 있었다. 나는 믿기지 않는 목소리와 악기가 어우러진 공연의 한마당에서, 글루크가 〈나의 에우리디케를 돌려주오〉를 헌사했다는 소프라노 과다니의 목소리와 타르티니가 악마와 함께 음악을 만들 때 연주했다는 바이올린을 떠올리려 애썼다. 예기치 못한 장소에서 그처럼 완전하고 야성적이며 기괴하고 환상적인 음악을 접했다는 신성 모독의 느낌이 오히려 기쁨을 배가시켰다. 십팔 세기 탁월한 음악가들의 후손이건만 정작 그 시대를 증오하는 사람들이 만들어낸 음악 말이다!

모든 것이 즐거웠고, 가장 완벽한 공연에서 맛볼 수 있는 것보다 훨씬 큰 즐거움을 느꼈으므로 나는 또다시 그 음악을 듣고 싶었다. 그래서 골든 스타 여인숙에서 두 명의 외판원과 기분 좋게 저녁을 먹고 담배를 피우며 타르티니를 위해 악마가 만들었다는 음악의 칸타타를 대충 떠올리다가, 저녁 예배 시간에 맞춰 안토니우스 성당으로 향했다.

실수였다. 저녁 예배는 이미 오래전에 끝나 있었다. 향 냄새가 퀴퀴했고, 토굴 속 같은 습기가 입가를 적셨다. 거대한 성당은 이미 어둠에 잠겨 있었다. 어둠 속에서 봉헌 램프가 불그스름한 대리석 바닥과 금박이 입혀진 난간, 샹들리에, 노란색으로 조각된 장식용 인물상에 흔들리는 불빛을 드리웠다. 흰색 성가복을 입은 사제 한 명이 한쪽 구석에서 촛불이 드리워준 후광에 대머리를 번뜩이며 책을 펼쳐놓고 있었다. "아멘." 사제가 말했다. 책이 빠르게 덮이고 불빛이 후진 쪽으로 움직이자, 무릎을 꿇고 있던 여자 몇 명이 일어나 급히 문가로 향했다. 예배당 앞에서 기도하던 남자 하나도 자리에서 일어나 요란스럽게 지팡이를 끌었다.

사람들이 떠난 성당에서 나는 이제 곧 성구 보관인이 순찰을 돌며 문을 잠그리라 생각했다. 내가 기둥에 기대어 어둠에 잠긴 거대한 궁륭 천장을 바라보고 있을 때, 갑자기 오르간 소리가 성당 안에 메아리치기 시작했다. 예배가 끝났음을 알리는 소리 같았다. 그런데 오르간의 선율을 넘어 솟구치는 목소리가 있었다. 자욱한 향연처럼 푹신한 것에 감싸인 높고 부드러운 목소리가 긴 운율의 미로를 따라 줄달음쳤다. 두 번의 우레 같은 오르간의 화음과 함께 목소리는 침묵에 잠겼다. 숨 막히는 침묵. 본당의 기둥에 기대선 나는 일순 머리칼이 얼어붙고 무릎이 휘청거리며 온몸에 탈진의 열기가 훑고 지나감을 느꼈다. 나는 크게 심호흡을 하며, 향이 자욱한 공기와 소리의 여운을 빨아들였다. 더없이 행복했지만 죽음의 직전에 와 있는 기분이었다. 돌연 내 안으로 냉기와 함께 모호한 공포가 스쳤다. 나는 돌아서서 서둘러 밖으로 나왔다.

들쭉날쭉한 지붕들의 윤곽을 따라 밤하늘은 청명하고 푸르렀다. 박쥐와 제비가 주변을 선회하며 지저귀고 있었다. 그때 안토니우스 성당의 깊은 종소리에 반쯤 잠긴 아베마리아의 선율이 종루에서 흘러나왔다.

"몸이 정말 안 좋은 것 같군요." 알비세 백작의 아들은 잡초 우거진 미스트라 저택의 뒷마당에서 농부가 받쳐 든 초롱을 앞세우고 나를 반겼다. 파도바에서 어둠을 뚫고 달려올 때 땡그랑거리던 말의 방울소리, 아카시아 울타리를 금빛으로 비추던 초롱의 휘영한 불빛, 자갈을 부딪치는 마차 바퀴의 덜커덕거림, 모기를 쫓기 위해 하나만 밝혀둔 석유 램프 아래에 차려진 저녁 식탁과 낡은 마차꾼 차림의 초라하고 늙은 하인, 양파 냄새 사이로 오가는 접시, 그 모든 것이 꿈만 같았다. 알비세 백작의 뚱뚱한 아내는 투우사가 그려진 부채를 쉼 없이 부치면서 인자하고 새된 목소리에 사투리가 섞인 빠른 말투로 이야기했다. 수염이 덥수룩한 목사는 끊임없이 유리잔과 발을 흔들어댔고 한쪽 어깨를 들썩거렸다. 그리고 오후가 된 지금, 나는 여기 기다랗고 기우뚱해서 금방이라도 쓰러질 듯한 미스트라 저택—저택의 사분의 삼은 곡물과 농기구 창고 아니면 생쥐와 전갈, 지네의 운동장으로 바뀐—에서 평생을 살아온 느낌이 들었다. 농사 관련 책과 계산서 뭉치, 곡물과 누에고치의 견본, 잉크병과 궐련에 둘러싸인 채, 나는 알비세 백작의 서재에 줄곧 앉아 있었던 것 같다. 이탈리아 농촌에서 재배하는 곡물에 대한 기초 지식, 옥수수의 병충해, 포도의 페로노소스포라 병원균, 황소의 종자, 농장 노동자의 불법 행위 외에는 아무것도 들어본 일이 없고, 창문 밖에서 반짝이고 있는 초원 부근 에우가니아 언덕의 파란 옥수수에만 관심이 있는 사람으로 지금까지 살아온 느낌이라고 할까.

늙고 뚱뚱한 백작 부인의 빠르고 새된 목소리, 수염이 덥수룩한 목사의 끝없는 손짓과 발짓과 어깻짓이 반복되는 가운데 이른 아침 식사를 하고서, 알비세 백작의 아들은 나를 마차에 태우고 끝없이 반짝이는 미루나무와 아카시아, 은행나무 사이로 먼지 구름을 일으키며 농장을 둘러보러 다녔다.

이글거리는 태양 아래 스무 명에서 서른 명쯤 되는 소녀들이 색 치마와 레이스 달린 조끼에 커다란 밀짚모자를 쓰고 붉은 벽돌로 둘러싸인 타작마당에서 옥수수를 타작하고 있었고, 한편에서는 커다란 체에 곡물을 까부르는 작업이 한창이었다. 알비세 3세는(아버지는 알비세 2세, 그러나 누구나 알비세가 이름이었다. 가족 가운데 루이스라는 이름이 있어도 알비세로 통했으며, 집과 마차, 써레와 들통까지 알비세가 들어갔다.) 옥수수를 만져보고 맛을 보기도 하면서 소녀들이 자지러질 만한 농을 걸거나 심각한 말로 농장 책임자를 시무룩하게 만들었다. 곧이어 나는 커다란 축사로 안내되었는데, 스물에서 서른 마리쯤 되는 흰색 황소들이 발을 구르고 꼬리를 흔들다가 어두운 구석자리의 여물통을 들이받기도 했다. 알비세 3세는 한 마리씩 소의 이름을 부르며 등을 토닥였고, 소금이나 순무 뿌리를 주었다. 그는 이것은 만투아 종, 저것은 애풀리아 종, 로마뇰로 종이라며 소의 종자를 내게 설명해주었다. 그러고는 나를 다시 마차에 태우더니 울타리와 도랑 사이로 먼지를 일으키며 달려갔다. 이번에 도착한 벽돌 농장은 연분홍색 지붕에서 푸른 하늘을 향해 연기를 내뿜고 있었다. 여기저기서 아까보다 더 많은 아가씨들이 옥수수를 타작하고 까부르는 과정에서 뿌연 먼지가 일었다. 더 많은 황소들이 발을 구르며 시원한 응달에서 울고 있었고, 농담과 질책과 설명도 더 많아졌다. 그렇게 다섯 군데의 농장을 돌았고, 결국에는 눈을 감아도 덩실덩실 뜨거운 하늘로 솟았다가 떨어지는 도리깨와 황금빛 곡물, 키질을 할 때 벽돌담에 소용돌이치는 누런 먼지, 무수한 황소들의 들썩이는 꼬리와 치고 박는 뿔이며 반짝이는 널찍한 흰색 옆구리와 이마가 떠오를 지경이었다.

"일하기 딱 좋은 날입니다!" 알비세 3세는 착 달라붙는 바지와 웰링턴 부츠 차림으로 긴 다리를 성큼성큼 움직였다. "어머니, 식사 후에 아니스 시럽 좀 주세요. 이곳의 일사병을 예방하고 기력을 회복하는 데는 그만한 게 없잖아요."

"이런! 여기서도 일사병에 걸립니까? 댁의 아버님은 이곳의 공기가 최고라고 말씀하시던데요!"

"아니, 그런 말이 아니라우." 늙은 백작 부인이 타이르듯 말했다. "딱 하나 끔찍한 게 있다면 모기라우. 촛불을 켜기 전에 덧문을 꽉 잠그시구려."

"그럼요." 알비세 3세는 부러 맞장구를 쳤다. "물론 일사병에 걸릴 수도 있죠. 하지만 병이라고 할 정도는 아니에요. 다만, 조심하시려면 밤에는 정원에 나가지 마세요. 선생이 달밤에 산책을 즐긴다고 아버지께서 말씀하시더군요. 이런 날씨에는 곤란합니다. 친구 분, 곤란해요. 천재적 영감 때문에 밤중에 꼭 산책을 하고 싶으시면, 집 안을 돌아다니세요. 그 정도로도 운동은 충분할 겁니다."

식사를 마치자 아니스 시럽과 함께 브랜디, 시가가 곁들여 나왔다. 모두들 가구가 별로 없는 소박하고 비좁은 일층 방에 모여 앉아 있었다. 늙은 백작 부인은 어떤 모양인지, 어디에 쓸 것인지 짐작하기 어려운 뜨개질에 열중했고, 목사는 소리 내어 신문을 읽었다. 알비세 3세는 길게 구부러진 시가를 피우며 야윈 강아지의 귀를 잡아당겨 옴이 나거나 눈곱이 꼈는지 살피고 있었다. 어두운 바깥 정원에서 무수한 벌레의 울음과 날갯짓 소리가 들려왔고, 별이 빛나는 푸른 하늘 아래 시렁에 검게 매달린 포도송이에서는 짙은 향기가 뿜어졌다. 나는 발코니로 갔다. 어둠 속에 정원이 쭉 펼쳐졌고, 멀리 반짝이는 지평선에서 키 큰 미루나무가 도드라져 보였다. 어디선가 부엉이가 매섭게 울고, 개가 짖었다. 갑자기 후끈하고 나른해지는 향기, 복숭아의 맛을 떠올리게 하고 희고 두텁고 밀랍 같은 잎사귀를 암시하는 향기가 확 끼쳤다.

전에도 그 향기를 맡아본 것 같았다. 나는 그 향기에 나른해지고 거의 정신을 잃을 뻔했다.

"몹시 피곤하군요." 나는 알비세 3세에게 말했다. "도시 사람들은 이리도 약골이랍니다!"

그러나 피곤에도 불구하고 도저히 잠들 수 없었다. 숨 막히는 밤. 마치 베네치아에 있는 기분이었다. 백작 부인의 조언에도 불구하고, 나는 모기를 쫓기 위해 거의 밀봉하다시피 닫아놓은 나무 덧문을 열고 밖을 내다보았다.

달빛 아래 푸른 안개에 젖은 널따란 잔디와 둥그스름한 우듬지가 보였다. 나무마다 반짝이는 잎사귀는 가벼운 바다 바람 때문인지 연신 떨리고 있었다. 창문 아래 놓인 긴 시렁 밑으로 간간이 보도가 반짝였다. 빛이 하도 밝아서 포도의 파란 덩굴과 개오동나무의 붉은 꽃을 구별할 수 있을 정도였다. 공기 중에 살짝 스며들어 복숭아의 맛을 떠올리게 만드는 겨풀 냄새, 농익은 미국산 포도 냄새, 흰 꽃(흰 꽃일 것이다.) 냄새가 싱그러운 이슬 속에 녹아 있었다. 마을의 교회 시계가 한 시를 알렸다. 얼마나 오랫동안 내가 잠들려고 애썼는지는 하늘이 아실 것이다. 온몸에 전율이 일었고, 머릿속이 갑자기 미묘한 포도주 냄새로 채워졌다. 잡초 무성한 제방과 썩은 물이 괴어 있는 운하, 소작농의 누렇게 뜬 얼굴들이 생생히 떠올랐다. 말라리아라는 단어가 다시금 마음속에 자리를 잡았다. 상관없어! 나는 하늘 깊은 곳에 흩뿌려진 별들처럼 떨고 있을 푸른빛 달안개와 이슬과 향기와 침묵 속으로 뛰어들고픈 갈망에 사로잡힌 채 창가에 기대어 있었다…. 바그너의 음악도, 별밤에 울려 퍼지는 탁월한 성악가의 노래도, 성스러운 슈만의 음악도, 이처럼 인간의 영혼 속에 울려 퍼지는 무언의 노래와 위대한 침묵에 견줄 수 있을까!

그런 생각에 빠져 있을 때, 고음의 떨리는 달콤한 목소리가 침묵을 깨고 순식간에 다가왔다. 나는 터질 듯한 가슴으로 창문에 몸을 내밀었다. 잠시 후 목소리는 또 한 번 침묵의 틈을 가르고, 낙하하는 별과 불꽃처럼 천천히 솟구치는 반딧불이가 어둠의 틈을 갈랐다. 그러나 예상과 달리 그 목소리는 정원이 아니라 집 안에서, 스러져가는 낡은 미스트라 저택의 어느 구석에서 들려오는 것이 분명했다.

미스트라, 미스트라! 그 이름이 귓가에 맴돌았고, 나는 지금까지 모르던 그 의미를 마침내 깨닫기 시작했다. "맞아." 나는 혼자 말했다. "극히 자연스러운 일이지." 문득 떠오른 기이한 인상은 이내 참을 수 없는 열띤 환희와 뒤섞였다. 내가 특별한 목적을 갖고 미스트라 저택을 찾아왔다는 생각이 들었고, 이제 곧 힘겹고 오랜 애탐의 대상을 만나게 될 것 같았다.

나는 살며시 문을 열고, 녹색 덮개가 그을어 있는 램프를 움켜쥔 채 긴 복도와 커다란 빈방들을 지났다. 교회에서처럼 발소리가 울렸고, 램프 불빛은 박쥐 떼를 불안하게 만들었다. 저택의 주거지역에서 나는 점점 헤매고 있었다.

침묵이 역겨웠다. 나는 돌연히 실망을 느끼며 숨을 헐떡였다.

홀연히, 만돌린의 음색처럼 금속성의 예리한 화음이 내 귓가를 파고들었다. 정말이지 아주 가까웠다. 벽 하나를 사이에 두고 들려오는 소리였다. 나는 더듬더듬 문을 찾았지만, 주정뱅이의 걸음처럼 흔들거리는 램프 불빛은 별 도움이 되지 않았다. 간신히 빗장을 찾았고, 잠시 망설이다가 조심스레 빗장을 올리고 문을 밀었다. 처음에는 내가 어디에 들어와 있는지 알 수 없었다. 온통 어둠뿐이었고, 맞은편 벽에서 흘러나오는 밝은 불빛에 눈이 부셨다. 조명이 희미한 극장의 칸막이 좌석에 들어와 있는 느낌이었다. 실제로 내가 있는 곳은 높은 난간으로 둘러싸이고 커튼으로 반쯤 감춰진, 움푹 팬 공간이었다. 나는 그처럼 생긴 작은 화랑 혹은 어느 낡은 이탈리아 건물의 무도회장에 음악가나 관객을 위해 설치된 공간을 기억해냈다. 그런 장소가 틀림없었다. 맞은편에서 세월을 초월한 거대한 캔버스처럼 반짝이고 있던 쇠시리는 둥근 천장을 뒤덮고 있었다. 그 조금 아래로, 밑에서 솟아오르는 불빛 속에서 퇴색한 프레스코 벽화가 걸려 있는 벽면이 늘어서 있었다. 커다란 초록빛 공작을 배경으로 엷은 자색과 황색의 옷을 입은, 원근법으로 그려진 여신의 모습을 어디서 보았더라? 그녀의 모습도, 치장된 벽토로 반짝이는 꼬리로 그녀를 에워싸고 있는 트리톤〔트리톤Triton, 그리스 신화에 나오는 반인반어(半人半魚)의 해신 — 옮긴이주〕의 모습도 눈에 익었기 때문이다. 그리고 로마의 갑옷과 청록색 옷차림의 용사들이 그려진 프레스코 벽화도 어디선가 보지 않았던가? 나는 조금도 놀라지 않고 그런 질문을 던지고 있었다. 게다가 독특한 꿈속에서처럼 나는 너무도 평온했다. 그렇다면 나는 꿈을 꾸고 있는 것인가?

조심스레 발을 옮겨 난간에 몸을 기댔다. 가장 먼저 눈에 들어온 것은, 머리 위에서 커다란 거미처럼 천장에 매달린 채 천천히 회전하고 있는 샹들리에였다. 그 중에 하나만 불이 들어와 있었는데, 무라노 유리 장식, 카네이션과 장미 무늬가 흔들거리는 촛불 속에서 뿌옇게 빛나고 있었다. 샹들리에는 맞은편 벽면을 밝히고 여신과 초록빛 공작이 그려진 천장을 비추었다. 불빛에 간신히 드러난 것은, 커다란 방의 한쪽 구석, 닫집 같은 그림자 속에서 벽을 따라 놓인 노란색 새틴 소파로 모여든 일단의 사람들이었다. 모여든 사람들 때문에 시야가 반쯤 가려진 소파에 한 여인이 늘어져 있었다. 그녀가 거북한 동작으로 움직일 때마다 수놓은 은빛 드레스와 다이아몬드의 광채가 번뜩였다. 곧이어 환해진 샹들리에 불빛 아래서, 한 남자가 노래를 부르기 전에 생각을 정리하듯 머리를 약간 숙인 채 하프시코드로 상체를 구부렸다.

그는 몇 개의 건반을 두드리며 목청을 가다듬었다. 그것으로 충분했다. 너무도 오랫동안 나를 괴롭혀 온 그 목소리였다! 표현할 길 없이 달콤하고, 섬세하고 관능적이며 기이하고도 절묘한, 그러나 젊음의 싱그러움과 투명함이 완전히 거세된 목소리를 나는 단번에 알아챌 수 있었다. 그 목소리는 석호에서 눈물 머금은 열정으로 내 머릿속을 헤집었고, 또다시 대운하에서 〈곤돌라의 금발 처녀〉를 불렀으며, 그것도 모자라 불과 이틀 전에는 파도바의 텅 빈 성당에 나타났었다. 그러나 지금에야 깨달았다. 이제껏 내게서 달아난 그 목소리야말로 내가 이 세상에서 그토록 찾아 헤매던 것이었다.

목소리는 길고 나른하게, 풍만하고 관능적인 음색으로 혼자 휘돌며 퍼지더니 단음계와 독특하게 물결치는 떨림을 화려한 장식으로 선보였다. 때때로 나른한 환희에 헐떡이듯 목소리가 중단되기도 했다. 나는 햇빛 속의 밀랍처럼 온몸이 녹아내리는 느낌이었다. 내 마음이 너무도 불안하고 공허한 탓에, 나는 달빛이 이슬과 섞이듯 그 목소리와 하나가 되지 못했다.

갑자기 단집으로 희미하게 가려진 구석 자리에서 구슬픈 흐느낌이 나지막이 들려왔다. 곧이어 또 다른 흐느낌이 들려오다가 성악가의 목소리에 잠겨버렸다. 하프시코드가 긴 악구를 생생하게 연주하는 동안, 성악가는 연단 쪽으로 고개를 돌렸는데 그곳에서 애처로운 흐느낌이 들려왔다. 그러나 그는 연주를 멈추는 대신, 더 높은 음을 잡았다. 그리고 간신히 들릴 듯 숨죽인 목소리가 긴 카덴차(카덴차cadenza는 악곡이 끝나기 전에 독창자 혹은 독주자의 연주 기교가 충분히 발휘되는 무반주 부분을 말한다—옮긴이주)로 미끄러졌다. 그와 동시에 그가 고개를 뒤로 젖히자, 성악가 차피리노의 수려하고 유약한 얼굴과 창백한 피부, 그늘진 넓은 이마에 충만한 불빛이 드리워졌다. 관능적이고 음산한 얼굴과 사악한 여자처럼 조롱의 빛이 떠도는 잔인한 그 미소를 보는 순간, 나는—어떤 과정으로 깨달았는지는 알 수 없지만—이제 곧 노래가 중단되고 그 저주받은 악구는 두 번 다시 완성되지 못하리라는 것을 예감했다. 나는 지금 한 암살자를 보고 있으며, 그가 사악한 목소리로 저 여자를 죽이고 나까지 죽일 것임을 알았다.

나는 아주 조금씩 높아지는 비범한 목소리를 좇아 칸막이 좌석에서 이어진 비좁은 계단을 뛰어 내려갔다. 커다란 응접실의 문을 향해 돌진했다. 문은 굳게 닫혀 있었고, 문을 열려고 몸부림치는 동안, 점점 높아진 목소리는 베일을 찢고 내 심장 깊숙이 파고드는 칼날의 번쩍임처럼 선명하고 찬란하게 돌변하고 있었다.

그리고 또 한 번의 흐느낌과 죽음의 신음 소리가 들려온 데 이어, 극도의 혼란과 솟구치는 피로 숨이 막힌 듯 섬뜩한 헐떡임이 일었다. 길게 떨리는 목소리에 통렬하고 찬란한 승리감이 묻어나왔다.

계속 몸으로 밀어붙이자, 문이 반쯤 열렸다. 안으로 들어갔다. 강렬한 푸른 달빛에 눈을 뜰 수 없었다. 네 개의 커다란 창문으로 푸르스름한 달빛이 평화롭고 투명하게 쏟아져 들어왔으며, 커다란 방은 지하의 동굴 같은 곳으로 바뀌어 온통 빛으로 수놓아져 있었다. 대낮처럼 밝았지만 차갑고 우울하며 공허하고 초자연적 빛이었다. 커다란 마구간처럼 방 안은 텅 비어 있었다. 다만 샹들리에가 매달렸을 밧줄 몇 개가 천장에서 늘어져 있었다. 그리고 한쪽 구석의 인도산 옥수수와 목재 더미 사이에서 습한 곰팡이 냄새가 지독하게 풍겨 나왔고, 길고 가는 다리로 받쳐지고 뚜껑이 전부 갈라져버린 하프시코드가 놓여 있었다.

돌연, 나는 침착해졌다. 한 가지 문제는, 방금 전에 들려온 미완의 악장이 머릿속에서 계속 떠돈다는 것이었다. 나는 하프시코드의 뚜껑을 열었고, 내 손가락은 거침없이 건반 위를 달려갔다. 고장 난 악기의 비웃음과 섬뜩함이 묻어난 딸랑거림이 유일한 응답이었다.

그때 나는 기이한 공포에 사로잡혔다. 창문을 기어 넘었다. 정신없이 정원을 달렸고, 달이 지고 여명이 밝아올 때까지 부서진 선율에 끝없이 쫓기며 운하와 제방 사이의 들판을 헤맸다.

내가 회복된 것에 사람들은 크게 기뻐했다. 마치 열병에 걸려 죽을 운명을 넘긴 것처럼.

회복되었다고? 그러나 진정 회복되었는가? 나는 산책을 하고 먹고 마시며 이야기를 한다. 잠을 잘 수 있다. 다른 사람들과 똑같이 생활하고 있다. 그러나 이상하고도 소름끼치는 병마에 시들어가고 있다. 두 번 다시 영감을 얻을 수 없을 것이다. 내 머릿속을 채운 음악은 전에 들어본 일이 없으므로 분명 나의 것인 동시에, 혐오스럽고 넌덜머리 나는 그것은 내 음악이 아니다. 낮고 경쾌한 장식음과 나른한 악구, 길게 늘어지는 운율의 메아리 말이다.

아, 사악하기 짝이 없는 목소리여, 악마의 손으로 만든 육체의 바이올린이여, 마음껏 증오할 수도 없는 너, 목소리여. 그러나 내가 저주하는 순간에도 영혼의 타는 목마름으로 너를 다시 듣고자 원하니 어쩔 수 없는 노릇인가? 내가 너의 복수욕을 채워주었고, 내 삶과 내 재능은 시들었으니, 이제 내게 연민을 줄 수는 없는가? 단 하나의 음률이라도, 사악하고 비열한 너 성악가여, 네 노래의 한 소절만이라도 들려줄 수는 없겠는가?

일곱 번째 기묘

누런 벽지

The Yellow Wallpaper by Charlotte Perkins Gilman

존과 나처럼 평범하기 짝이 없는 사람들이 상속 받은 여름 별장을 소유한다는 것은 거의 불가능한 일이다.

그 식민지풍의 대저택과 세습지에 대해, 으스스하며 낭만적인 멋이 최고의 경지에 이른 집이었다고—하지만 혹독한 운명을 요구하는 곳이라고 말하겠다!

그리고 지금도 그 저택 주변에는 기이한 것이 있다고 자랑스럽게 말하고 싶다.

그게 아니라면 그렇게 싸게 집을 내놓았을 리가 없지 않겠는가? 게다가 왜 그리도 오랫동안 집이 비어 있었을까?

물론 존은 나를 비웃지만 그 역시 남자의 방식으로 예상은 하고 있을 것이다. 존은 지극히 실용적인 사람이다. 신념이나 미신적인 강한 공포에 대해 그냥 넘어가는 법이 없으며, 형체가 없는 것을 보고 듣거나 이야기하는 것에 대해 대놓고 비아냥거린다.

존은 의사이며, 어쩌면—(나는 물론 그것이 살아 있는 영혼이라고 말하지 않겠지만, 그것은 끔찍한 벽지이며 그래서 내게 큰 위안이었다는 말은 해야겠다.)—어쩌면, 그가 의사라는 사실이 내가 빨리 회복하지 못하는 이유 가운데 하나일지도 모른다.

내가 아프다는 사실을 그가 믿지 않았다는 건 모두 알지 않는가! 그러니 내가 할 수 있는 일이 무엇이었겠는가?

지위가 높은 의사이자 한 여자의 남편이 그의 아내가 일시적인 신경 쇠약—경미한 히스테리성—외에 아무 문제가 없다고 친구와 친척들에게 장담한다면, 무슨 도리가 있겠는가?

내 오빠 역시 지위가 높은 의사이며, 그도 남편과 똑같은 얘기를 하고 있다.

그래서 나는 인산염 혹은 아인산염—그게 무엇이든 무슨 상관인가?—강장제를 먹으면서 여행을 하고, 신선한 공기를 마시며 운동을 하고 있다. 건강을 되찾을 때까지 '일'은 절대 금물이다.

개인적으로, 나는 그들의 생각에 동의하지 않는다.

개인적으로, 나는 취미에 맞는 재미있는 일을 하면서 기분 전환을 하는 편이 내게 더 이롭다고 믿고 있다.

그러나 어쩌란 말인가?

어찌됐든 잠시 글을 썼을 뿐인데 몹시 지쳐버렸다. 그래서 무안하기도 하고, 일을 반대하는 그들의 의견에 묵묵히 따를 수밖에 없다.

나는 가끔씩 지금보다 반대를 덜 받는 대신 좀더 사회적인 상태에서 자극을 받는 것이 어떨까 생각하지만—존이 내가 나 자신의 상태에 대해 생각하는 것이야말로 최악의 상황이라고 말하면, 나는 그럴 때마다 늘 기분이 언짢아진다고 실토해버린다.

그래서 그런 생각은 그만두고 그 저택에 대해 말하겠다.

참으로 아름다웠다! 마을에서 오 킬로미터쯤 떨어져 있고, 도로에서 멀리 뒤쪽에 서 있는 외딴 집이었다. 울타리와 성벽, 잠긴 문, 정원사와 일하는 사람들을 위한 무수히 많은 작은 별채들. 그곳은 언젠가 읽은 적이 있는 영국의 저택들을 떠올리게 했다.

정원은 얼마나 아름다운지! 넓고 그늘이 졌으며, 상자 모양으로 경계를 두른 숱한 오솔길, 기다란 포도 덩굴로 뒤덮인 정자와 그 아래 놓인 의자들—나는 그런 정원을 어디서도 본 적이 없다.

온실도 있었다는데 지금은 모두 망가진 상태다.

법적인 문제 같은 것, 이를테면 상속인과 공동 상속인 사이의 어떤 문제가 있을 거라고 나는 생각한다. 어쨌든 그곳은 몇 년 동안 비어 있었다.

그 집이 유령을 믿는 내게 나쁜 영향을 미칠까 두렵지만, 상관

없다—그 집에는 뭔가 기이한 것이 있으며, 나는 그것을 느낄 수 있다.

심지어 달빛이 밝은 어느 날 밤 나는 존에게 직접 그런 얘기를 한 적도 있는데, 그는 바람결 때문이라며 창문을 닫을 뿐이었다.

이따금씩 존에게 까닭 모를 분노가 치밀곤 한다. 내가 이토록 예민해진 적은 처음이다. 신경증 때문인 것 같다.

그러나 존은 내가 그렇게 느낀다면, 적절한 자기 통제력이 부족하기 때문이라고 말한다. 그래서 나는 스스로를 통제하려고—적어도 그 사람 앞에서는—무던히 애쓰고 있는데, 몹시 피곤한 일이다.

나는 우리 방이 조금도 마음에 들지 않는다. 베란다로 통하고 사방에 창문이 있으며 아주 고풍스러운 사라사 커튼이 걸려 있는 아래층 방이 더 마음에 들었다. 그러나 존이 그런 얘기를 들어줄 리 없다.

그는 굳이 다른 방으로 바꾸어야 한다면, 창문이 하나만 있는 데다 이인용 침실도 아닌, 멀리 떨어져 있는 방으로 바꾸어야 한다고 말했다.

그는 매우 조심스럽고 다정다감하며, 특별한 문제가 아니면 나를 불안하게 만들지 않는다.

내게는 하루 매시간마다 정해진 처방이 있다. 그가 모든 수고를 덜어주지만, 나는 비열하게도 그래봤자 더 이상 소용없다며 고마워하지 않는다. 그는 이 방을 선택한 것이 전적으로 나 때문이라고 말했다. 온전히 휴식을 취하고, 신선한 공기를 마실 수 있기 때문이란다. "운동은 체력에 맞게 하면 돼, 여보." 그는 말했다. "음식은 식욕에 따라 약간 달라지겠지. 그러나 공기는 언제고 마음껏 마실 수 있어." 그래서 이층에 육아실을 차렸다.

그 방은 넓고 통풍이 잘 되며, 바닥 전체가 깔끔했고, 사방으로 창이 있어서 햇볕이 잘 들었다. 그러나 그 방을 보고 처음에는 육아실, 다음에는 놀이방, 그 다음에는 체육관을 떠올릴 수밖에 없었다. 왜냐하면 창문들이 모두 아이들 방처럼 창살로 막혀 있었고, 벽마다 종 같은 것들이 걸려 있었으니까.

페인트칠과 벽지는 남학교에서 사용하던 것 같았다. 침대 머리맡 주변, 내 팔이 닿는 곳까지—벽지는—군데군데 커다랗게 벗겨져 있었고 반대편 아래쪽에도 벗겨진 곳이 있었다.

줄줄이 펼쳐진 찬란한 무늬 중에는 온갖 예술적인 죄를 떠올리게 하는 것도 있었다.

벽지의 무늬는 눈이 어지러울 만큼 단조롭고 지루했으며, 계속 살펴보면 동요를 느낄 정도로 또렷했다. 절뚝거리는 불확실한 곡선을 조금만 따라가다 보면, 곡선들이 갑자기 자멸해버리는데—매우 급격한 각도로 꺾어져 완벽한 대조를 통해 스스로를 파괴해버린다.

혐오감을 자아내는 색은 구역질이 날 정도다. 검게 그을린 지저분한 누런색, 천천히 방향이 바뀌는 햇빛에 의해 기이하게 색이 바랜다.

몇 군데 단조로우면서도 야릇한 오렌지색이 있는가 하면, 역겨운 황록색 색조가 엿보이기도 한다.

아이들이 그 색을 싫어했음이 분명하다! 이 방에서 오래 살아야 한다면 나도 그 색이 싫어질 테니까.

존이 왔다. 그만 써야겠다. 내가 단어 하나라도 쓸라치면 그는 몹시 싫어한다.

이곳에 온 지 이 주일이 되었고, 첫날 이후 예전처럼 글을 쓰고 싶은 마음이 없어졌다.

지금 지겨운 이층 육아실 창가에 앉아 있는데, 체력만 뒷받침된다면 마음껏 글을 쓰는 데 방해가 될 건 아무것도 없다.

존은 지금 외출 중이며, 심각한 환자가 있을 때는 며칠 동안 집에 오지 않기도 한다.

나는 심각하지 않으니 얼마나 다행인가!

그러나 신경증이 끔찍이도 나를 우울하게 만든다.

존은 내가 얼마나 고통스러운지 알지 못한다. 그가 아는 건 내가 고통스러워할 이유가 없다는 것이며, 그래서 그는 만족스러워한다.

내 고통은 물론 오로지 신경증 때문이다. 어쨌든 내가 할 일을 못할 만큼 짓누르고 있잖은가!

나는 존에게 도움을 주거나 진정한 휴식과 위안이 되지도 못하고, 이곳에서 벌써 짐이 되고 말았다!

아무리 노력해도 부질없다는 것을 아무도 믿어주지 않는다. 몸치장을 하고, 손님을 맞고 물건을 주문하는 일 말이다.

메리가 아이와 잘 놀아줘서 다행이다. 아이는 너무도 사랑스럽다!

그러나 여전히 나는 아이와 함께 있을 수 없고, 그래서 초조하다.

아마 존은 그의 인생에서 초조했던 적이 한 번도 없었을 것이다. 이 벽지에 대해 말하면 그는 지나치게 나를 비웃는다.

처음에 그는 방의 벽지를 새로 하려다가 나중에는 그대로 두는 것이 오히려 내게 나을 거라고, 그런 환상에 굴복하는 것만큼 신경증 환자에게 나쁜 것은 없다고 말했다.

벽지를 바꾼 다음에는 육중한 침대가 그 차례가 될 것이고, 그 다음에는 창살 친 창문, 그 다음에는 계단 입구 등이 이어질 거라고 말이다.

"이곳이 당신한테 좋은 거 알잖아." 그가 말했다. "진심이야, 여보. 단지 석 달 빌리는 집이라서 고치지 않는 건 아니라고."

"그럼 아래층으로 내려가요." 나는 말했다. "거기에도 좋은 방이 있잖아요."

그가 두 팔로 나를 안는 바람에 나는 소름이 돋았다. 내가 원한다면 아래층으로 내려가겠다고 그는 마음에도 없는 거짓 약속을 했다.

그러나 그 다음 대상이 침대, 창문 따위가 될 거라는 그의 말은 일리가 있다.

그 방은 누구나 원할 정도로 공기가 잘 통하고 아늑했다. 시시한 변덕 때문에 그를 불편하게 만드는 바보짓은 하지 말아야겠다.

저 끔찍한 벽지만 빼면 정말이지 이 커다란 방이 점점 마음에 든다.

창문 하나를 통해서 정원과 신비롭게 짙은 그늘을 드리운 정자, 요란하고 예스러운 꽃, 풀숲, 비틀어진 나무들을 볼 수 있다.

또 다른 창문 너머로는 이곳 영지에 속한 작은 개인 부두와 만으로 이루어진 아름다운 풍경도 볼 수 있다. 아름답게 그늘진 오솔길 하나가 집에서 저쪽 아래로 줄달음친다. 사람들이 그 무수한 길과 정자 사이를 오가는 모습이 보이는 것 같지만, 존은 그런 환상에 절대 굴복해서는 안 된다고 내게 주의를 주었다. 그는 나처럼 신경이 약한 사람들은 상상력과 이야기를 꾸며내는 습관 때문에 온갖 자극적인 환상에 이끌리므로 의지와 분별력을 동원해 그것을 막아야 한다고 말한다. 그래서 나는 노력한다.

잠시라도 제대로 글을 쓸 수만 있다면 짓눌린 생각을 덜어내고 안정이 될 거라는 생각을 이따금씩 하곤 한다.

그러나 글을 쓰려고 할 때면 나는 이미 너무도 지쳐 있다.

작품을 놓고 조언을 구하고 가깝게 지낼 만한 사람이 없어서 너무 속상하다. 내가 어느 정도 회복이 된다면, 존은 사촌 헨리와 줄리아를 이곳에 초대하겠다고 말한다. 그러나 지금 당장은 그처럼 자극적인 사람들과 함께 지내는 것이 베개 속에 폭약을 넣는 것이나 다름없다고 말한다.

어서 나아졌으면 좋겠다.

그러나 그 생각을 해서는 안 된다. 이 벽지는 내게 얼마나 사악한 영향을 끼치는지 스스로 알고 있는 것 같다!

어느 지점이 되면, 무늬가 부러진 목처럼 축 늘어지고 불룩한 두 개의 눈동자가 누군가를 거꾸로 노려보는 모습이 되풀이된다.

나는 그 뻔뻔함과 끝없음에 몹시 화가 난다. 위로, 아래로, 양옆으로 무늬는 기어 다니고, 깜박이지 않는 저 우스꽝스러운 눈동자들이 곳곳에 있다. 눈동자의 폭이 일치하지 않는 곳이 한 군데 있는데, 선을 따라 눈동자들이 위아래로만 향해 있고 서로 높이가 다르다.

전에는 생명이 없는 것에서 그런 표정을 본 적이 없지만, 지금은 그들이 표정을 지니고 있음을 우리 모두 알고 있다! 나는 아이처럼 누워 눈을 뜨고서 대부분의 아이들이 장난감 가게에서 발견할 수 있는 것보다 더한 즐거움과 공포를 텅 빈 벽과 평범한 가구에서 맛보고 있다.

커다랗고 낡은 장롱 손잡이가 얼마나 친근하게 윙크하는지를, 언제나 절친한 친구인 양 의자 하나가 거기에 있다는 것을 나는 기억한다.

다른 물건들이 너무도 사나워보일 때면 나는 그 의자로 뛰어들고 그럴 때마다 안전하다고 느끼곤 한다.

이 방에 있는 가구는 모두 아래층에서 가져와야 했으므로 조화가 잘 되지 않는다. 아마 육아실 용품 따위를 끄집어낸 다음에는 놀이방으로 사용했을 것인데, 당연한 일이지 않은가! 아이들이 이처럼 파괴를 일삼은 경우를 일찍이 보지 못했다.

전에 말했듯이, 벽지는 곳곳이 찢겨져 있는데 어린 형제가 아니라 살육자가 한 짓에 가까울 정도다. 그들은 증오심뿐 아니라 인내심도 대단했던 게 분명하다.

그리고 바닥은 긁히고 파이고 쪼개져 있으며, 회반죽 자체도 여기저기 파여 있어서 이 방에 들어오면 제일 먼저 눈에 띄는 크고 육중한 침대는 마치 전쟁터 한복판에 놓여 있는 것처럼 보인다.

그러나 나는 조금도 신경이 쓰이지 않는다. 벽지를 제외하면.

올케가 왔나보다. 얼마나 사랑스럽고 마음씀씀이가 섬세한 여자인지! 내가 글을 쓰고 있다는 사실을 그녀에게 들켜서는 안 된다.

그녀는 완벽하고 활달한 가정주부로서 더 나은 직업은 꿈도 꾸지 않는다. 맹세하건대, 글쓰기가 나를 병들게 한다고 그녀는 생각하겠지!

그러나 그녀가 나가면 다시 글을 쓸 수 있고, 창문 너머 멀리까지 사라지는 그녀를 지켜볼 수 있다.

아름답게 그늘지고 구불구불한 도로, 그 도로가 보이는 창문이 있고, 그 너머로 바로 마을이 보인다. 느릅나무와 벨벳처럼 부드러운 초원이 펼쳐져 있는, 역시 아름다운 마을이다. 벽지 중에는 가지를 친 것처럼 음영이 다르고 유독 꺼림칙한 무늬가 있지만, 환한 빛이 아니면 또렷하게 볼 수 없다.

그러나 무늬가 흐릿하지 않고 햇살이 적당히 비추는 벽면 곳곳에서 나는 기이하고 도발적이며 어느 형체의 사라진 부분 같은 것을 볼 수 있다. 그것은 시시하면서도 눈에 잘 띄는 앞쪽 무늬 뒤에서 슬금슬금 기어 다니는 것 같다.

올케가 계단을 올라오고 있다!

흠, 칠월 사일이 끝났다! 사람들은 모두 떠나고 나는 지쳐버렸다. 존은 내가 몇 사람 정도는 만나도 좋을 거라고 생각했고, 우리는 일주일 동안 어머니와 넬리, 아이들을 불러와 방금 전까지 함께 있었다.

물론 나는 아무 일도 하지 않았다. 이제 제니가 모든 걸 알아서 한다.

그래서 나는 언제나 피곤하다.

존은 내가 빨리 건강을 찾지 못한다면 가을에 위어 미첼에게 보내겠다고 한다.

그러나 나는 결코 그에게 가고 싶지 않다. 그에게 치료를 받은 친구가 한 명 있는데, 그녀가 말하길 그도 존이나 내 오빠와 마찬가지이고 조금도 다르지 않더란다!

게다가 그렇게 멀리 가는 건 고역이다.

내 일을 다른 사람에게 전적으로 맡겨야 하는 이유를 모르겠다. 나는 점점 안달이 나고 불만이 쌓인다.

나는 대부분의 시간을 부질없이 울고 있다.

물론 존이 있거나 다른 사람이 있을 때는 울지 않는다. 그러나 혼자 있으면 운다.

그런데 지금 나는 오랜 시간 혼자 있다. 존은 중환자 때문에 번번이 마을에 가 있고, 착한 제니는 내가 원할 때마다 혼자 내버

려둔다.

그래서 나는 정원에서 조금 걷거나 아름다운 오솔길을 따라 내려가기도 하고, 장미꽃 아래 앉아 있기도 하다가, 결국은 방으로 와 오랫동안 누워 있는다.

벽지에도 불구하고 나는 정말이지 이 방이 섬점 마음에 든다. 어쩌면 벽지 때문인지도 모르겠다.

벽지는 내 마음속에 자리를 잡았다!

나는 여기 꿈쩍도 않는—아마 못을 박아 놓았나보다—침대에 누워 한 시간가량 무늬를 좇고 있다. 체육관처럼 훌륭하다고 말해도 좋다. 말하자면, 밑에서부터 시작해서 저기 닿지 않는 구석으로 무늬를 따라간다. 그리고 아무런 의미도 없는 무늬를 좇아갈 뿐이라고, 나는 천 번을 되뇐다.

디자인의 원칙에 대해서는 거의 모르지만, 이 무늬는 방사 혹은 착렬, 반복 혹은 대칭 아니면 내가 들어본 어떤 원칙에 따라 배열된 것이 아니라는 건 알고 있다.

물론 폭이 반복되기는 하지만 그것 말고는 없다.

각각의 폭을 따로 들여다보면 살찐 곡선과 장식 곡선—지독한 광증으로 '쇠퇴한 로마네스크 장식'처럼—, 별개의 둔탁한 세로줄이 어기적거리며 올라갔다가 내려갔다가 한다.

그러나 한편으로는 대각선으로 연결되어 있으며, 아무렇게나

기어 다니는 윤곽선들은 다급히 쫓기어 몸부림치는 해초처럼 아주 위태로운 시각적 공포의 파동 속에서 줄달음친다.

적어도, 모든 것들이 수평으로 움직이는 것처럼 보여, 나는 그 방향으로 가는 어떤 규칙이 있는지 알아내느라 지쳐버린다.

무늬는 수평의 폭을 이용해 장식 띠를 삼았고, 그 때문에 놀라우리만큼 혼란이 더해진다.

방 한쪽 끝에 벽지가 거의 그대로인 부분, 거기서 교차 광선이 희미해지고 저무는 태양이 직사광선을 비출 때면, 결국 눈부신 환상에 도달한다. 끝없는 기괴함이 하나의 평범한 중심을 돌며 형체를 이루는 듯이 보이다가 느닷없이 혼란으로 뛰어드는 것이다.

그것을 따라가느라 나는 피곤하다. 낮잠이라도 자야겠다.

내가 왜 이 글을 쓰는지 모르겠다.

쓰고 싶지 않다.

하지만 그럴 수 있을 것 같지 않다. 존이 우습게 생각하리라는 걸 알고 있다. 그러나 내가 어떤 식으로 느끼고 생각하는지 말해야 한다. 그게 얼마나 위안이 되는지!

그러나 이런 노력은 위안보다 더 많은 것을 요구하고 있다.

나는 지금 삼십 분 동안 지독히도 나태하게 계속 누워만 있다.

존은 내게 체력 소모를 하지 말라고, 에일 맥주와 덜 익은 고

기뿐 아니라 간유와 강장제 따위를 먹으라고 말한다.

친애하는 존! 그는 나를 끔찍이 사랑해주고, 나를 아프게 하는 것을 증오한다. 나는 어제 그와 진실하고 합리적인 대화를 하려고 노력했고, 사촌 헨리와 줄리아를 만나러 가게 해달라고 부탁했다.

그러나 그는 내가 그렇게 할 수 없을뿐더러 그곳에 도착한 뒤에는 견디지도 못할 거라고 말했다. 게다가 나는 말을 제대로 끝내기도 전에 울어버렸으므로, 나 자신을 위한 최선의 방법이 무엇인지 설명하지 못했다.

올바로 생각하는 일이 점점 힘겨워진다. 이놈의 신경증 때문이지.

친애하는 존은 나를 두 팔로 안아서 위층으로 데려가 침대에 누이고 곁에 앉아 내가 지칠 때까지 책을 읽어주었다.

그는 내가 사랑스러운 사람이고 그의 위안이자 그가 가진 전부라고, 그러니까 그를 위해 스스로 몸을 돌보고 계속 잘 지내달라고 말했다.

그는 누구도 나를 도와줄 수 없으며 스스로 병에서 벗어나야 한다고, 의지와 자기 통제력을 동원해 터무니없는 상상에 빠져들지 말라고 했다.

한 가지 위안이 있다면 아이가 건강하고 행복하다는 것, 끔찍한 벽지로 둘러싸인 이 육아실을 사용하지 않아도 된다는 것이다.

우리가 이 방을 사용하지 않았다면 그 순결한 아이의 차지가 됐을 테니까! 여기서 벗어났으니 얼마나 다행인가! 아니, 나는 내 아이를, 사랑스러운 내 아이를 절대로 이런 방에 두진 않을 것이다.

처음 하는 생각이지만, 결국 존이 이 방을 고집한 것이 다행이다. 내가 아이보다는 이 방을 훨씬 잘 견뎌낼 테니까.

물론 아주 현명하게도 나는 더 이상 이런 얘기를 가족에게 하진 않지만, 언제나 벽지를 지켜보고 있다.

벽지에는 나를 제외하고 아무도 모르는, 앞으로도 영원히 모를 것들이 있다.

바깥 무늬 뒤쪽에서 희미한 형태들이 날마다 또렷해지고 있다.

언제나 같은 모양, 지나치게 많다.

무늬 뒤에서 한 여자가 웅크리고 주변을 기어 다니는 것 같다. 조금도 마음에 들지 않는다. 존이 이곳에서 나를 데려가 주기를 바라는지도—그런 생각이 들기 시작했다—모르겠다!

존은 지나칠 정도로 현명하고 나를 너무도 사랑하기 때문에 내 문제를 그와 얘기하는 것은 참 어려운 일이다.

그러나 어제 시도를 해보았다.

달빛이 비추었다. 태양처럼 사방에서 달빛이 비추었다.

나는 가끔씩 달빛이 싫다. 느릿느릿 기어와서 언제나 창문 여기저기로 들어온다.

잠든 존을 깨우기 싫어서 나는 소름이 끼칠 때까지 물결치는 벽지에 비추는 달빛을 가만히 지켜보았다.

뒤에 있는 희미한 여자의 모습이 마치 밖으로 나오고 싶어서 무늬를 흔드는 것 같았다.

내가 조용히 일어나 벽지가 움직이는지 확인하기 위해 만져본 뒤, 침대로 돌아왔을 때 존이 잠에서 깼다.

"무슨 일이지, 꼬마 아가씨?" 그는 말했다. "그렇게 돌아다니지 마. 감기 걸리겠어."

나는 대화를 나누기에 좋은 기회라고 생각하고 이곳은 더 이상 싫으니 데려가 달라고 말했다.

"허허 여보!" 그가 말했다. "삼 주만 지나면 임대 기간이 끝나잖아. 그 전에 떠나기는 힘들지. 집 보수 공사가 아직 끝나지 않은 데다 지금 당장은 마을을 떠날 수 없어. 물론 당신이 조금이라도 위험한 상태라면 당연히 가겠지만. 당신은 스스로 느끼지 못할지도 모르지만 정말 좋아졌다고. 여보, 내가 의사야. 내가 안다고. 당신은 살도 찌고 혈색도 좋아지고 있어. 식욕도 좋아졌고, 나는 정말 한시름 놓았다니까."

"조금도 살이 찌지 않았어요." 나는 말했다. "조금도. 그리고 식욕도 당신이 집에 있는 저녁에나 좋을 뿐, 당신이 나간 아침에는 형편없단 말이에요!"

"이렇게 가여울 수가!" 그는 나를 한껏 안으며 말했다. "원할 때마다 아파야 직성이 풀리다니! 하지만 지금은 꿈속에서 멋진 시간을 보내고, 그 문제는 아침에 얘기합시다!"

"그럼 떠나지 않을 건가요?" 나는 침울하게 물었다.

"왜, 내가 어떻게? 여보? 삼 주밖에 남지 않았잖아. 그때 가서 제니가 새집에 적응하는 동안, 우린 한 며칠 멋진 여행이라도 다녀오자고. 정말 당신은 좋아졌다니까!"

"육체적으로는 그럴지도 모르죠." 나는 말을 하다가 이내 멈추었다. 그가 자리에서 벌떡 일어나 더 이상 아무 말도 하지 말라며 엄하게 꾸짖는 표정으로 나를 바라보았기 때문이다.

"여보." 그는 말했다. "부탁이야. 당신뿐 아니라 나와 아이를 위해서 말이야. 한순간도 그런 생각은 마음에 두지 마! 당신처럼 불안정한 사람들은 뭐든 위험하고 마음이 쓰인다고 말하지. 그건 착각이고 우둔한 환상에 불과해. 이렇게 말하는데도 의사인 내 말을 못 믿겠어?"

물론 그 때문에 나는 더 이상 말을 못하고 잠을 청하기 위해 오랫동안 몸을 뒤척였다. 그는 내가 곧 잠이 들었다고 생각했지만,

아니었다. 나는 네 시간 동안 누워서 앞쪽의 무늬와 뒤쪽의 무늬가 실제로 함께 움직이는지 아니면 따로 움직이는지 생각했다.

그렇게 생긴 무늬의 경우, 낮에는 연속성이 결여되고 규칙을 따르지 않기 때문에 보통 사람에게는 지속적인 불안을 야기한다.

끔찍한 색은 도무지 종잡을 수가 없어서 화를 돋우는 반면, 무늬는 고통을 준다.

그 정도는 잘 알고 있다고 말하는 사람도 있겠지만, 막상 무늬를 잘 따라간다고 해도 어느 순간 뒤로 공중제비를 돌아버리니 누구라도 어쩔 도리가 없다. 그것은 당신의 따귀를 때리고, 당신을 때려눕히고 짓밟는다. 악몽과도 같다.

바깥쪽 무늬는 균류 같은 것을 떠올리게 하는 화려한 아라베스크 무늬다. 나뭇가지 마디에 자라난 버섯, 끝없는 엉킴 속에서 싹을 틔우고 자라나 한없이 이어진 버섯의 행렬을 상상해도 된다. 그러니까, 바깥 무늬는 그런 식이다.

가끔씩 그렇다!

나 말고는 아무도 모르는, 벽지의 기이함을 대변하는 특징이 하나 있다. 빛에 따라 무늬가 바뀐다는 것이다.

태양이 동쪽 창문을 뚫고 들어올 때면—나는 언제나 최초의 기다란 직사광선을 지켜본다—무늬가 너무 빠르게 변해서 한 번도 그것이 어떤 무늬인지 확신한 적이 없다.

내가 늘 그것을 살펴보는 이유도 그 때문이다.

달빛이 비추면—달이 뜨는 날이면 밤새 사방에서 달빛이 비춘다—나는 그것이 똑같은 벽지인지 장담할 수 없다.

밤에는 석양빛이든, 촛불, 램프 빛, 아니면 가장 최악인 달빛이든 간에 그것은 창살이 된다! 내 말은 바깥 무늬와 그 뒤에 있는 여자의 모습이 또렷해진다는 뜻이다.

뒤에 보이는 희미한 무늬가 무엇인지 오랫동안 알지 못했지만, 지금은 그것이 여자라는 확신이 선다.

낮에 그녀는 억제되어 잠잠해진다. 그녀를 그렇게 조용히 만드는 것이 무늬라는 생각이 든다. 너무 당혹스럽다. 그것은 낮에 나를 조용하게 만든다.

나는 지금 어느 때보다도 오랫동안 누워 있다. 존은 그것이 내 몸에 좋다고 말하고, 또 내가 할 수 있는 일이라고는 자는 것뿐이다.

실제로 그는 매번 식사를 한 뒤 내게 한 시간씩 누워 있도록 시켰다.

자신하건대 그것은 나쁜 습관이다. 나는 잠을 자지 않기 때문이다.

내가 깨어 있다는 사실을 가족에게 말하지 않으므로—오, 절대 안 되지!―점점 속임수에 능해진다.

사실은 조금씩 존이 두려워지고 있다.

가끔씩 그가 아주 이상하게 보이고 심지어 제니마저 뜻 모를 표정을 하고 있다.

가끔씩 과학적 가설처럼 떠오르는 생각, 어쩌면 그 표정이 벽지일지 모른다는!

내가 존을 몰래 훔쳐보다가 가장 순진한 핑계를 둘러대며 불쑥 방안으로 들어갔을 때, 그가 벽지를 바라보고 있는 모습을 몇 번이나 목격했다! 제니도 마찬가지다. 한 번은 그 아이가 벽지에 손을 대고 있는 모습을 보았다.

내가 방에 들어온 줄 몰랐던 아이는, 내가 최대한 아무렇지 않은 표정으로 조용히, 아주 조용히 벽지에다 무얼 하고 있냐고 물었을 때, 도둑질을 하다 들킨 것 마냥 돌아서서 매우 화난 표정으로 왜 그리 사람을 놀라게 하느냐고 내게 반문했다!

그러고 나서 아이는 손이 닿은 곳마다 벽지에 죄다 얼룩이 져 있다고, 나와 존의 옷 곳곳에 누런 얼룩이 묻어 있다고, 우리 모두 좀더 조심해야겠다고 말했다!

너무 천진난만한 말이 아닌가? 그러나 나는 아이가 무늬를 들여다보고 있었다는 걸 눈치 챘고, 나 말고는 누구도 그 비밀을 알아낼 수 없게 하겠다고 마음먹었다.

생활은 전에 비해 훨씬 활기를 띠고 있다. 눈치 챘겠지만, 나는 더 많은 것을 기대하고, 예상하며, 관찰하고 있다. 정말이지 나는 음식도 잘 먹고 예전보다 더 침착해져 있다.

내가 나아지는 모습을 보고 존은 매우 기뻐한다! 일전에는 싱긋 웃으며, 벽지에도 불구하고 내가 활짝 피는 것 같다고 말했다.

나는 그 말을 웃음으로 받아넘겼다. 벽지 때문이라고 말할 생각은 없었는데, 그랬다면 그는 나를 비웃었을 것이다. 어쩌면 나를 이곳에서 데리고 떠났을지도 모른다.

그 비밀을 밝혀낼 때까지 이곳을 떠나고 싶지 않다. 남은 시간은 일주일, 충분하리라 생각한다.

정말이지 좋아지고 있다는 느낌이 든다! 진전 상황을 지켜보는 것이 너무도 흥미진진해서 밤에는 오래 잠들지 않는다. 그러나 낮에 숙면을 취한다.

낮에는 지루하고 헷갈린다.

균류 위에 늘 새로운 것이 자라나고, 그 주변에는 누런 음영이 새로 드리운다. 꼼꼼하게 그 수를 세어보지만 끝까지 해낼 수 없다.

무엇보다 기이한 건 누런색이다. 저 벽지말이다! 지금까지 본 누런색 물체를 전부 떠올리게 만들지만, 미나리아재비처럼 아름다운 것이 아니라 오래되고 불결하고 기분 나쁜 누런 것들이 떠오른다.

그러나 저 벽지에는 뭔가 다른 것이 있다. 냄새! 처음 방에 들어서는 순간 냄새를 맡았지만, 그동안은 풍부한 공기와 햇빛 때문에 썩 나쁘진 않았다. 최근 일주일 동안 안개가 끼고 비가 내려서, 창문이 열려 있든 아니든 이곳에서 냄새가 난다.

냄새는 집 안 전체에 스며든다.

식당에서 어슬렁거리고, 응접실을 기어 다니며, 홀에 숨어들고 계단에 누워 나를 기다린다.

내 머리칼에도 냄새가 배었다.

심지어 말을 탈 때도, 내가 갑자기 머리를 돌리고 냄새를 좇으려고 할 때면, 냄새는 분명 거기에 있다!

매우 독특한 냄새다! 그것을 분석해보려고, 그것과 비슷한 냄새를 알아내려고 몇 시간을 보낸다.

처음에는 기분 나쁘지 않을 정도로 약한 냄새가 났다. 그러나 그 냄새는 내가 맡아본 냄새 중에서 가장 미묘하고 오래갔다.

이처럼 습한 날씨에는 냄새가 고약해서, 밤에 잠에서 깨어나면 냄새가 내 주변을 배회하고 있는 듯했다.

처음에는 냄새 때문에 마음이 심란했다. 냄새를 없애기 위해 집을 불태우려는 생각도 진지하게 해보았다.

그러나 지금은 냄새에 익숙해져 있다. 냄새에 대해 내가 생각할 수 있는 것이 있다면 단 하나, 그것이 벽지의 색깔과 비슷하다는 점이다! 누런 냄새 말이다.

벽의 아래쪽, 굽도리널 부근에 아주 흥미로운 것이 있다. 줄 한 개가 방을 빙빙 돌고 있다. 그것은 기다란 직선으로 침대를 제외하고 가구의 뒤쪽 구석으로 지나가는데, 계속해서 누군가가 문지른 것처럼 얼룩져 있다.

어떻게, 누가, 왜 그랬는지 궁금하다. 돌고 돌고 또 돌고, 돌고 돌고 또 돌고, 어지럽다!

마침내 나는 실제로 뭔가를 발견해냈다.

밤에 오랫동안 지켜보다가 그것이 바뀌는 때를 마침내 포착해낸 것이다.

앞쪽 무늬가 움직인다. 분명하다! 그 뒤에서 여자가 무늬를 흔들고 있으니까!

때때로 그 뒤에 무수히 많은 여자가 있다는 생각이 들 때도 있고, 또 어떤 때는 단 한 명의 여자가 빠르게 주위를 기어 다니며 무늬를 흔들어대는 것 같기도 하다.

그 여자는 아주 밝은 곳에서는 가만히 있다가, 아주 어두운 곳에서는 창살을 움켜잡고 세차게 흔들어댄다.

그리고 언제나 밖으로 기어 나오려고 애쓴다. 그러나 누구도 그 무늬를 뚫고 기어 나올 수 없다. 그랬다가는 목이 졸린다. 그래서 무늬 속에 머리가 많이 들어 있나보다.

여자들의 머리가 무늬를 빠져나오면, 무늬는 그들을 목 졸라 거꾸로 세워놓고 그들의 눈을 히옇게 만든다!

머리를 무언가로 덮어놓았거나 보이지 않게 치웠더라면 벽지가 그리 흉측하지는 않았을 것이다.

내 생각에는 저 여자가 낮에 밖으로 나오는 것 같다!

왜 그런지 은밀히 말하자면, 내가 그녀를 보았기 때문이다!

방의 창문 너머 어디서든 그녀를 볼 수 있다!

그녀는 언제나 기어 다니고, 대부분의 여자들은 낮에 기어 다니지 않으므로, 나는 그녀가 그 여자임을 알 수 있다.

그녀는 나무 아래 기다란 길을 따라 기어 다니다가 마차가 다가오면 검은 딸기 덩굴 속으로 숨는다.

나는 조금도 그녀를 비난하지 않는다. 낮에 기어 다니다가 다른 사람의 눈에 띄면 매우 부끄러울 테니까.

나는 낮에 기어 다닐 때는 언제나 문을 잠근다. 그리고 존이 곧바로 의심할 것이므로 밤에는 절대 닐 수 없다.

게다가 존은 지금 너무 이상해서 그를 불안하게 만들고 싶지 않다. 그가 다른 방을 사용하면 얼마나 좋을까! 그리고 나 말고 다른 사람이 밤에 그 여자를 밖으로 끄집어내는 게 싫다.

창문 전체에서 그녀를 동시에 볼 수 있지 않을까 궁금해질 때가 많다.

그러나 가능한 재빨리 돌아보아도 한 번에 한 창문에서만 그녀를 볼 수 있을 뿐이다.

언제나 그녀를 보고 있긴 하지만 그녀는 내가 돌아보는 속도보다 더 빨리 기어 다닐 수 있나 보다!

탁 트인 전원 멀리에서 그녀가 높은 바람에 쫓기는 구름보다 더 빨리 기어 다닐 때도 있다.

맨 위의 무늬를 아래 무늬에서 떼어낼 수만 있다면! 나는 조금씩 시도해보고 있다.

또 하나 흥미로운 것을 발견했지만 지금은 말하지 않겠다! 사람들이 믿으려 들지 않을 테니까.

벽지를 벗겨낼 수 있는 날이 고작 이틀 밖에 남지 않았는데, 존이 눈치 채기 시작한 것 같다. 그의 눈빛이 싫다.

게다가 그가 제니에게 나에 대해 의사가 환자의 상태를 묻는 듯한 질문을 적잖이 하는 것을 들었다. 제니는 알려줄 게 아주 많았다.

내가 낮에 오랫동안 잠을 잔다고 제니는 말했다.

내가 너무 가만히 있어서, 존은 내가 밤에 제대로 잠을 못 자고 있음을 눈치 챘다.

그는 내게도 온갖 질문을 해댔고, 몹시 다정하고 친절한 척했다.

내가 그 속을 모를 거라고 여기고 있는 듯!

그러나 이 벽지에 둘러싸여 석 달 동안 잠을 잤으니 그가 그렇게 행동하는 것도 이상한 일은 아니다.

그저 흥미로울 뿐이지만, 존과 제니가 은밀하게 벽지의 영향을 받고 있음을 나는 확신한다.

만세! 오늘이 마지막 날, 그것으로 충분하다. 존은 밤에 마을에 가야 하므로 저녁때까지는 외출하지 않을 것이다.

제니는 나와 함께 잠자고 싶어했다. 여우 같은 것! 그러나 나는 밤에는 혼자 있어야 더 편히 쉴 수 있다고 말했다.

나는 결코 혼자가 아니므로 그렇게 말한 것은 현명했다! 달빛이 비추고, 그 가엾은 여자가 기어 다니며 무늬를 흔들기 시작하자, 나는 일어나 그녀를 도우러 달려갔다.

내가 잡아당기면 그녀는 흔들고, 내가 흔들면 그녀는 잡아당기고, 아침이 오기 전에 우리는 벽지를 몇 미터 정도 벗겨냈다.

내 머리 높이로 방 둘레의 반쯤 되는 벽의 벽지가 벗겨졌다.

그리고 태양이 떠올랐을 때 그 끔찍한 무늬가 나를 보고 웃기에 나는 오늘은 일을 끝내버리겠다고 장담했다!

우리는 다음 날 떠날 예정이었으므로 사람들은 이 방의 가구를 전부 원래 있던 자리로 옮기고 있었다.

제니는 깜짝 놀라 벽을 바라보았지만, 나는 못된 괴물에 복수하기 위해 그런 것이라고 즐겁게 말했다.

제니는 웃으면서 자기는 그런 것에 관심이 없지만 내가 피곤해지면 안 된다고 말했다.

그 순간 아이는 자신을 속이기 위해 얼마나 노력했을까!

그러나 나는 이 방에 있고, 나 말고 아무도 저 벽지를 건드리지도 알아채지도 못한다!

제니는 나를 방에서 나오게 하려고 했지만, 너무 뻔한 속셈이었다! 나는 방이 지금 아주 조용한데다 깨끗하게 비어 있으므로 다시 누우면 잠을 푹 잘 수 있을 거라고 말했다. 그리고 저녁 식사 때까지는 깨우지 말라고, 일어나면 내가 부르겠다고 말했다.

그래서 제니는 방에서 나갔고, 하인들도 나갔으며, 물건들도 치워졌다. 이제 남은 것은 바닥에 고정된 커다란 침대의 뼈대와 침대 위의 무명 매트리스 뿐이었다.

오늘밤은 아래층에서 자고, 내일은 배편으로 집에 갈 것이다.

지금, 예전처럼 비어 있는 이 방이 썩 마음에 든다.

아이들이 이 방에서 얼마나 난리를 피웠을까!

이 침대는 얼마나 망가져 있는지!

그러나 나는 일을 해야 한다.

나는 문을 잠그고 열쇠를 현관 앞길에 내던졌다.

존이 올 때까지는 밖으로 나가고 싶지 않으며, 그 누구도 방 안으로 들이고 싶지 않다.

그를 깜짝 놀라게 만들고 싶다.

나는 제니도 눈치 채지 못하게 밧줄을 이 방에 가져다 놓았다. 그 여자가 밖으로 나와 도망치려고 한다면, 그녀를 밧줄로 묶을 것이다!

그러나 딛고 올라설 것이 아무것도 없으니 높은 곳까지 닿을 수 없다는 사실을 미처 깨닫지 못했다.

침대는 움직이지 않았다!

나는 녹초가 될 때까지 침대를 들었다 밀었다 하다가 너무나 화가 나서 침대 모서리를 살짝 물어버렸다. 그러다 그만 이를 다치고 말았다.

나는 바닥에서 키가 닿는 높이까지의 모든 벽지를 벗겨냈다. 벽지는 끔찍하리만큼 착 달라붙어 있었고, 무늬는 그저 즐거워하고 있었다! 목 졸린 머리, 불룩한 눈동자, 뒤뚱거리는 균류 전부가 비웃음과 함께 비명을 높였다!

나는 절망적인 일을 해야 할 만큼 점점 분노하고 있다. 창문 밖으로 뛰어내리는 편이 나았지만, 창살이 너무 튼튼해서 시도조차 할 수 없다.

그리고 그렇게 하지 않을 것이다. 물론 하지 않는다. 나는 안다.

창문 밖을 내다보는 것조차 싫다. 밖에는 너무 많은 여자들이 기어 다니고 있는데, 너무 빠르다.

그들도 전부 나처럼 벽지에서 나온 것인지 의아하다.

그러나 나는 숨겨놓은 밧줄로 안전하게 꽁꽁 묶여 있으니, 누구도 나를 저 길가로 내몰지 못할 것이다!

밤이 오면 나는 다시 무늬 뒤로 돌아가야 하지만, 그건 너무 어려운 일이다!

이 커다란 방에서 빠져나가 마음대로 주변을 기어 다니면 얼마나 기쁠까!

나는 밖으로 나가고 싶지 않다. 제니가 부탁해도 나가지 않을 것이다.

왜냐하면 밖에서는 땅을 기어 다녀야 하고, 모든 것이 누런색이 아니라 초록색이기 때문이다.

그러나 이곳에서는 바닥을 유유히 기어 다닐 수 있다. 두 어깨를 벽지의 기다란 얼룩에 대고 기어 다니면 길을 잃지도 않는다.

이런, 존이 문가에 와 있다!

이런, 존이 문가에 와 있다!

젊은이, 소용없어. 당신은 문을 열 수 없다고!

그는 나를 부르며 요란히도 쿵쾅거린다!

이제는 도끼를 가져오라고 고함까지 친다.

저렇게 아름다운 문을 부수다니 얼마나 부끄러운 일인가!

"존!" 나는 아주 부드러운 목소리로 말했다. "열쇠는 현관 계단 쪽, 질경이 잎 아래에 있어요!"

그는 잠시 아무 말이 없었다.

이윽고 그는 정말이지 조용하게 말했다. "여보, 문 열어!"

그래서 내가 몇 번이나 아주 부드러운 목소리로 천천히 같은 말을 되풀이하고 그런 일이 자주 있다고 말하자, 그는 하는 수 없이 현관에서 열쇠를 가져와 문을 열고 방 안으로 들어왔다. 그는 문가에 흠칫 멈춰 섰다.

"무슨 일이야?" 그는 소리쳤다. "제발, 무슨 짓을 하고 있냔 말이야!"

나는 전과 똑같이 기어 다니면서 어깨 너머로 그를 바라보았다.

"마침내 빠져나왔어요." 나는 말했다. "당신과 제니가 막았지만 말이에요. 벽지를 거의 다 벗겨냈으니까, 당신은 나를 제자리로 돌려놓진 못해요!"

그런데 지금 저 남자는 왜 기절을 해버린 걸까? 그러나 그는 정말 쓰러져서 벽 가의 내 길목을 막아버렸기 때문에 나는 매번 그를 기어 넘어가야 했다!

여덟 번째 기묘

제루샤

Xelucha by Matthew Phipps Shiel

그는 그녀를 따라 간다…. 그러나 알지 못한다….

—일기 중에서

삼일 전이라! 그런데도 오래전 같다. 하지만 그때만 생각하면 마음이 심란하고 이성을 잃게 된다. 얼마 전 발작 증세와 똑같은 혼수 상태에 빠졌었다. '무덤, 구더기, 비석', 이것이 내 꿈의 환영들이다. 이 나이에 건장한 체구로 병자처럼 비틀거리며 걷다니! 하지만 곧 괜찮아질 것이다. 정신을 차려야지, 이성을 잃다니 말이야. 삼 일 전이라! 정말이지 오래전 같다. 나는 낡은 편지함을 앞에 두고 바닥에 앉았다가 무심코 코즈모의 편지 뭉치를 발견했다. 이런, 그 편지를 까맣게 잊고 있었어! 너덜너덜 해져버렸잖아. 이러니 나 자신을 더 이상 젊은이라고 부를 수도 없지. 나는 나른하게 추억에 취해 편지를 읽었다. 생각에 골몰하다가는 예의 그 고약한 습관에 빠질 터! 마지막까지 쥐어짜다가, 죽기를 바랄 테니까. 또다시 나는 어지러이 돌아가는 미뉴에트의 박자에 따라 비틀비틀 춤을 추었고, 주위에는 가지 달린 촛대의 화려한 불빛과 떠들썩한 주연이 한창이었다. 시바리스의 군주이자 황제, 광인의 프리아포스, 그가 바로 코즈모였다! (프리아포스는 디오니소스와 아프로디테의 아들로 다산과 풍요를 상징한다—옮긴이 주) 그가 머물던 로마풍의 별장에는 예상치 못한 작은 방들이 있었는데, 그 방들마다 발판이 달린 높은 침대가 있고, 침대의 옆면과 지붕에는 깨끗한 황금 거울이 설치되어 있었다. 폐병 때문에 그는 꼼짝할 수가 없었다. 결국에는 탁자에 기대어야 했고, 흥이 나기 전까지는 포도주 잔도 겨우 들어올렸다! 엉켜 있는 두 마리의 살진 반딧불이 같던 그의 두 눈! 공허한 인광이 번뜩이던 그 눈동자! 그가 탐욕스러운 병마와 필사적으로 싸우고 있음을 누구라도 알 수 있었다. 그러나 그는 마지막까지 왕다운 미소로 평정을 잃지 않았다. 마지막 날까지 웃고 떠드는 사람들 속에서 파포스는 말할 것도 없고, 케모스와 바알 브올의 모든 의식을 누구보다 훌륭하게 이끌었다. 그는 흥에 겨우면 술자리, 무도회, 어두운 방 어디든 가리지 않았다. 침실은 빛이 들지 않아 칠흑처럼 어두웠다. 비밀 통로로 연결된 그 원형의 공간은 무더운 공기 속에 언제나 향유와 방향(芳香) 수지의 향이 스며들어 있었고, 덜서머(금속현을 때려서 소리를 내는 악기의 일종. 피아노의 원형이다—옮긴이주)와 피리 선율이 떠돌았으며, 모로코 가죽으로 만든 백 개의 긴 의자가 빽빽이 놓여 있었다.

여기서 루시 힐은 카코포고의 등에 난 흉터를 소리악의 흉터로 오해하고 그의 가슴에 비수를 꽂았다. 어느 날 아침, 늦게 잠을 깬 왕녀 에그라는 공작석 욕조에서 빳빳이 굳은 채 물에 완전히 잠겨 있는 코즈모의 시체를 발견했다.

"하지만 메리메! 말도 안 되지."(코즈모는 그렇게 써놓았다.) "어떻게 제루샤가 죽었다고 생각하는가 말이야! 천하의 제루샤가! 그렇다면, 달빛이 화농으로 시들 수 있을까? 무지개가 벌레에게 갉아 먹힐까? 하! 하! 하! 친구, 함께 웃자꾸나! 제루샤는 지옥에서도 춤판을 벌일걸! 제루샤, 역사상 가장 도도한 매춘부를 떠올리게 하는 여인, 제루샤! 나와 함께 눈물을 흘려라. 마른 눈물이 내 뺨에 흐르는구나! 타르겔리아처럼 교묘하고, 아스파시아(아테네의 이름 높은 화류계 여자—옮긴이주)처럼 세련되고, 삼무 라마트(아시리아의 전설적인 여왕—옮긴이주)처럼 관능적인 여인이여. 그녀는 인간의 육체를, 친구여, 그 은밀한 생기와 기질을 꿰뚫고 있었네. 현존하는 살라망카의 어느 석학보다도 더 자세히 알고 있었지. 맹목적일지언정, 제루샤는 죽지 않아! 생명은 영원한 법. 수의로 불꽃을 덮을 수는 없지. 제루샤! 대체 어디에 있는가? 하늘로 솟아 레다의 딸처럼 별이 되었는지도 모르지. 제루샤는 인도 왕비의 부하를 이끌고 타타르 황제의 왕위를 찬탈코자 힌두스탄으로 향했네. 이제 서쪽은 쓸쓸할 거라고 내가 말하자, 그녀는 입 맞추며 돌아오겠노라 약속했지.

메리메, 자네 얘기도 했다네. '나의 정복자', '여성의 폭군, 메리메'라고 말이지. 흩날리는 그녀의 머리칼에서 온실의 향기가 났고, 자네도 알고 있을 붉은색 머리칼이 올올이 바람에 흩어졌네. 친구여, 옷으로 온몸을 휘감은 그녀는 풀 뜯는 짐승의 눈에 환하게 비친 데이지의 화사함 그 자체였네. 몇 년 전부터 밀턴의 시 한 구절로 인해 눈에 욕망의 불이 붙었다고 그녀는 말했지. '세리카나의 황야, 중국인이 돛단배를 타고, 바람이 등나무 마차를 가벼이 밀어주는 곳.' 나와 사바인은 불꽃이 존재의 전부라고 잘못 생각하고 있었지만, 그녀는 존재의 절반이 아리스토텔레스가 말한 빛이라고 단언했네. 《천상위계론(天上位階論)》과 《파우스트》에서 하나의 완벽한 예를 접할 수 있다고, 강렬한 세라핌(인간과 닮은 세 쌍의 날개가 있는 천사—옮긴이주)과 커다란 눈망울의 케루빔(〈구약성서〉에 나오는 천사. 사랑과 동물. 새의 모습을 한 천상의 존재로 날개가 있다—옮긴이주)이 바로 그것이라고 말하더군. 제루샤는 그것을 합쳐놓은 여자일세. 그녀는 디오니소스를 위해 동방을 정복하고 돌아올걸세. 사자가 끄는 전차를 타고 델리를 유린하고 있다는 소식을 들었지. 그러니 그 소문은 아마 잘못된 것이겠지. 오딘과 아서 왕 같은 인물들처럼 제루샤는 다시 나타날걸세."

얼마 후 코즈모는 공작석 욕조에 누워 물을 이불 삼아 잠들었다. 영국에 있던 나는 제루샤의 소문을 거의 듣지 못했다. 살아있다는 말이 들려오면 죽었다는 말이 뒤따랐고, 황야의 옛 도시 타드모르, 지금의 팔미라에 나타났다는 소문도 있었다. 오래전 제루샤가 내게 소돔의 사과 같은 존재가 된 이후, 나는 그녀에게 큰 관심이 없었다. 편지함 옆에 앉아 코즈모의 편지를 읽고 또 읽기 전까지 그녀는 내 기억에서 사라진 지 오래였다.

지금 나는 낮의 대부분을 잠으로 보내고, 밤이면 어느덧 내 삶의 일부가 되어버린 진정제에 취한 뒤 도시를 배회하는 습관이 굳어졌다. 매혹적이지 않은 어둠은 없는 법이다. 그뿐 아니라 꾸준히 어둠을 경험하는 사람들 중에 고양된 감정과 깊은 외경심을 느끼지 않는 이들은 없을 것이다. 원시성을 벗 삼아 홀로 떠나는 밤의 여정은 엄숙하지 않을 수 없다. 달빛은 반딧불이의 색깔이고, 밤은 무덤의 색깔이다. 밤은 힙노스(그리스 로마 신화에 나오는 잠의 신 — 옮긴이주)뿐 아니라 타나토스(그리스 로마 신화의 죽음의 신 — 옮긴이주)를 낳았고, 이시스의 피눈물은 홍수가 되었다. 새벽 세 시, 마차 한 대만 지나가도 천둥소리처럼 들린다. 한번은 새벽 두 시에 어느 모퉁이 근처에서 다리를 구부리고 곁눈질하는 자세로 앉아 죽은 사제를 본 적이 있다. 무릎에 올려놓은 한쪽 팔에서 집게손가락이 꼿꼿이 하늘을 가리키고 있었다. 유심히 살펴보니, 손가락은 비 내리는 오리온자리의 알파 별, 베텔게우스를 가리키고 있었다. 그는 수종으로 죽어서 흉하게 부어 있었다. 그처럼 절대적인 것의 한 가지는 기괴함이며, 밤의 아들 중 하나는 어릿광대이다.

낮에도 상상에 빠져들듯 나는 인적 없는 런던의 어느 광장에서 은방울을 굴리듯 다가오는 금속성의 구둣발 소리를 들은 것 같다. 코즈모를 다시 기억해낸 다음 날인 어느 겨울 새벽 세 시였다. 나는 울타리에 기대서서 무정한 달이 익숙하게 안내하는 대로 흘러가는 구름을 바라보고 있었다. 돌아보자 아주 화려한 옷차림을 한 아담한 체구의 여자가 있었다. 그녀는 곧장 내게로 걸어왔다. 아무것도 쓰지 않은 금발의 머리칼은 목덜미에서 보석 장식과 함께 동그랗게 말려 있었다. 목덜미와 어깨가 지나치게 노출된 그녀는 브라만이 야릇한 환상에서 흙으로 빚어낸 사랑의 여신, 파르바티를 떠올리게 했다.

그녀는 내게 물었다.

"여기서 뭐 하시나요?"

여자의 아름다움에 마음이 설레었다. 역시 밤은 좋은 벗이었다. 나는 대답했다.

"달빛으로 일광욕을 대신하고 있소."

"그 달빛은 빌려온 것이군요." 그녀는 말했다. "느러먼드의 〈시온의 꽃〉에서 가져온 것이니까요."

돌이켜보건대 내가 그 말에 놀랐는지는 기억할 수 없지만, 설사 그랬더라도 당연히 했을 대답을 했다.

"맹세코 아닙니다. 그런데 댁은 이런 곳에 어쩐 일인가요?"

"내가 어디서 왔는지 알 텐데요!"

"매혹적인 모습이군요. 라파스에서 왔군요."

"아니, 더 먼 곳이에요, 귀여운 분! 소호에 있는 무도회에서 왔거든요."

"뭐요?… 혼자서요? 이렇게 추운 날씨에? 걸어서…?"

"물론이죠, 나는 나이 많은 현자인 걸요. 당신을 산양자리에서 저 너머 안드로메다까지 보낼 수도 있지요. 신사분, 사람들은 달의 넓은 면에 공기가 있다는 그릇된 생각을 하고 있지요. 내게 이성적으로 말하라면, 눈꺼풀이 유리처럼 투명한 생물체가 화성에 살고 있다고 할 거예요. 그래서 그 생물체는 자고 있을 때도 눈동자가 보이죠. 그리고 그들이 꾸는 온갖 꿈들이 작은 파노라마처럼 투명한 홍채에 영상으로 비춰져 다른 이가 볼 수 있답니다. 나를 애송이로 생각해선 안 돼요! 남자의 에스코트를 받는다면 스스로 여자임을 인정하는 것이지만, 어떤 곳에서는 다르게 비춰지기도 하지요. 젊은 에오스는 사륜마차를 몰지만, 아르테미스는 홀로 '걸어서' 가죠. 디오게네스의 이름을 걸고 내가 빌려온 빛을 가로막지 마세요. 나는 집으로 돌아가겠어요."

"여기서 멉니까?"

"피커딜리 근처에요."

"그래도 마차를 타야죠?"

"고맙지만 마차는 됐어요. 그 정도 거리는 별것 아니니까요. 자, 가요."

우리는 걸었다. 곧바로 그녀는, 공공연함은 사랑의 적이라는 〈스페인 목사〉의 한 구절을 인용하며 나와 거리를 두었다. 그녀는 탈무드 연구가들이 손을 인체의 가장 신성한 부분으로 본 것이 적절했다고 거듭 강조하면서 한동안 손마저 허락하지 않았다. 여자의 걸음은 몹시 빨랐다. 나는 그녀를 쫓아갔다. 거리에는 고양이 한 마리 보이지 않았다. 이윽고 세인트 제임스 가의 어느 저택 앞에 다다랐다. 그런데 저택 어느 곳에서도 불빛이 보이지 않았다. 창에 커튼도 없었고, 창문 몇 개에 '임대'라는 말이 붙어 있는 것으로 보아 사람이 살지 않는 것 같았다. 그러나 여자는 사뿐히 계단을 올라갔고, 내게 들어오라는 손짓을 하고는 안으로 사라졌다. 뒤따라가 문을 닫고 보니 어둠 속이었다. 그녀가 계단을 올라가는가 싶더니, 곧바로 위쪽에 불이 들어왔고 널찍하게 구부러진 대리석 계단이 보였다. 내가 서 있는 바닥에는 카펫도 가구도 없었으며, 먼지만 두텁게 쌓여 있었다. 계단을 올라가려는데, 그녀가 어느새 내 곁에 다가와 있어서 깜짝 놀랐다. 그녀는 속삭였다.

"맨 위로 가세요."

그녀는 앞장서서 재빨리 계단을 올라갔다. 위로 올라갈수록, 우리를 제외하고 저택에는 아무도 없다는 사실이 분명해졌다. 먼지와 메아리만 채워져 있는 빈 공간이었다. 하지만 빛이 새어 나오는 맨 위층 문으로 들어가 보니 꽤 커다란 타원형 응접실이 나타났다. 갑작스러운 불빛에 눈이 부셨다. 한복판에 놓여 있는 사각의 식탁 위에는 과일이 가득 담긴 황금 접시가 놓여 있었다. 천장에는 세 개의 육중한 샹들리에가 빛났고, 식탁 위의 조그만 양철 촛대에서 (아주 기묘하게 생긴) 수지 양초가 타고 있었다. 방 안에서 느껴지는 전체적인 인상은 아시리아의 연회에 견줄 만큼 화려했다. 식탁 끝에 상아로 만든 소파가 놓여 있었고, 그 위에 올려진 옥수 장식에는 바다에서 헤엄치는 에메랄드 어룡이 새겨져 있었다. 줄줄이 거울이 부착된 청동색 벽면은 둥근 청동 천장과 조화를 이루었다. 그러나 지금 생각해보면, 청동 천장에 지저분하게 그을린 흔적이 있었다. 여자는 식탁과 같은 높이로 만들어진 유태인풍의 조그마한 에스 자형 침상에 기대고 있었는데, 새틴으로 만든 샛노랑 슬리퍼가 보였다. 그녀가 내게 권한 맞은편 의자는 호화로운 실내 분위기와는 딴판으로 매우 우스꽝스러운 것이어서 실소를 금할 수 없었다. 그 지저분하고 초라한 나무 의자는 다리 한쪽이 표가 날 정도로 짧았다.

여자는 검은색 포도주 병과 술잔을 가리켰지만, 자신은 먹거나 마실 생각을 하지 않고, 엉덩이와 팔꿈치로 연약한 몸을 지탱한 채 심각한 표정으로 천장을 응시하고 있었다. 그러나 나는 포도주를 들이켰다.

"피곤한가보군요." 나는 말했다. "그렇게 보여요."

"당신이 눈으로 보는 건 아무 가치도 없어요!" 나를 쳐다보지도 않고 그녀는 나른하게 말했다.

"허 참! 기분이 그새 변했군요? 시무룩해져 있잖아요."

"당신은 아마 노르웨이의 널길 무덤을 본 적이 없겠죠?"

"밑도 끝도 없는 말을 하는군요."

"본 적이 없죠?"

"널길 무덤이라? 본 적이 없어요."

"한 번쯤 가볼 만하죠. 원형 혹은 타원형의 석실이 있는데, 그

위는 거대한 토분으로 덮여 있지요. 석판으로 만든 널길이 외부로 연결되어 있어요. 석실마다 시체들이 굽은 무릎에 얼굴을 대고 빙 둘러앉아 침묵의 대화를 나눈답니다."

"나랑 한 잔 합시다. 오싹한 얘기는 그만두고."

"당신은 정말 바보로군요." 여자는 싸늘하게 비웃으며 말했다. "징말 낭만적이지 않나요? 당신도 알겠지만, 그 무덤은 신석기시대 것이지요. 입술이 없는 입에서 이가 하나씩 빠져서 무릎 가에 쌓이죠. 무릎이 가늘어지면 이빨은 돌바닥으로 굴러 떨어져요. 그때부터 침묵을 깨며 이빨이 전부 석실 바닥으로 떨어져버리지요."

"하! 하! 하!"

"정말이에요. 지하의 깊은 동굴 안에서 백 년에 걸쳐 천천히 떨어지는 물방울 소리 같지요."

"하! 하! 이 포도주, 빨리 취하나 봅니다! 시체들은 치아 때문에 심한 사투리로 대화를 나누겠어요."

"유인원은 오로지 후두음만으로 의사 소통을 하지요."

마을의 시계가 네 시를 알렸다. 우리의 대화에 침묵이 파고들어 답답해졌다. 포도주의 취기가 머리까지 올라왔다. 몽롱함 속에서 그녀는 흐릿하게 부풀어 올랐다가 예전의 화사한 모습으로 다시 작아졌다. 하지만 내 안의 욕정은 이미 식어버렸다.

"혹시 알고 있나요?" 그는 물었다. "어느 꼬마가 발견했다는 덴마크의 패총 말이에요. 오싹한 것이죠. 거대한 물고기의 뼈와 사람의…."

"당신은 정말 불행하군요."

"집어치워요."

"번민으로 가득 차 있단 말이오."

"당신은 정말 바보예요."

"당신은 고통에 찌들어 있어요."

"당신은 어린애예요. 말뜻을 이해하는 능력조차 없군요."

"허허! 내가 어른이 아니다? 나 역시 불행하고 번민이 많은데도?"

"당신은 별 볼일 없는 사람이에요. 창조해내기 전까지는."

"뭘 창조한단 말이오?"

"물질."

"허영에 불과해요. 물질은, 사람이 창조하는 것도 파괴하는 것도 아니오."

"정말이지 당신은 보기 드문 저능아예요. 그렇다면 좋아요. 물질은 존재하지 않고, 실제로 그런 건 없어요. 존재하는 것은 외양이며 잔상에 불과하죠. 플라톤에서 피히테까지, 아주 우둔한 저술가가 아닌 한 모두가 의식적이든 무의식적이든 그것을 증명해

왔지요. 물질을 창조한다는 것은 타자의 감각에 비친 실재의 인상을 만들어낸다는 거예요. 반대로 그것을 파괴한다는 것은 갈겨쓴 흑판을 젖은 걸레로 문질러버리는 것이죠."

"그럴지도 모르죠. 하지만 난 상관없소. 아무도 할 수 없는 일이니까 말이오."

"아무도? 당신은 정말 미숙아예요."

"그럼 누가 할 수 있다는 거요?"

"일등성의 인력(引力)과 동등한 의지력이 있다면, 누구나 가능해요."

"하! 하! 하! 농담을 하시는군요. 그 정도의 의지력을 지닌 사람이 있을까요?"

"종교를 창시한 세 사람이 그런 분이었죠. 네 번째는 헤르쿨라네움의 구두 수선공인데, 그의 의지력은 79년 시리우스의 인력과 정면으로 맞서 베수비오 산의 폭발을 일으켰지요. 당신이 노래해온 것 이상의 명성이 존재해요. 그리고 실체 없는 숱한 영혼까지 고려한다면 분명히…."

"맹세코, 당신은 슬픔으로 가득 차 있다고 생각할 수밖에 없군요. 가엾은 사람! 자, 함께 마십시다. 이 포도주는 맛이 진하고 기분이 좋아지는구려. 세티아 산 같은데, 아닌가요? 술에 취하니, 당신 모습이 석양의 자줏빛 구름처럼 부풀어 오락가락하는군요."

"하지만 당신은 우쭐대기만 하는 얼치기예요! 그걸 몰랐다니! 상대할 가치도 없는 사람! 당신의 하찮은 관심은 가장 저급한 중심을 돌고 돌 뿐이니까요."

"자자, 고민은 접어두고…."

"시체 중에서 구더기가 제일 먼저 탐하는 부분이 어딘지 알아요?"

"눈! 눈!"

"틀려도 참 고약하게도 틀리셨군요. 완전히 헛짚어서…."

"맙소사!"

그녀는 노기등등한 기세로 몸을 쭉 내밀어 내게 바투 다가왔다. 그녀는 느슨하고 소매가 넓은 호박색 비단옷을 입고 있었다. 식탁 한쪽으로 손을 펼칠 때 겨우 눈치를 챘는데, 언제 옷을 갈아입었는지 알다가도 모를 일이었다. 갑자기 향신료와 오렌지꽃 향기 같은 것이 썩은 시체의 희미한 악취와 뒤섞여 코끝에 달려들었다. 싸늘한 기운이 온몸을 타고 올라왔다.

"구제불능일 정도로 틀렸으니까…."

"제발, 그만 좀…."

"빗나가도 한참 빗나갔어요! 절대로, 눈이 아니에요!"

"그럼, 대체 어디요?"

시계가 다섯 시를 알려왔다.

"목젖! 목구멍 위의 입천장에서 늘어진 점액질의 흐물흐물한 살이에요. 구더기들은 시체의 얼굴을 덮은 천과 뺨을 파고들거나, 아니면 빠진 치아 사이로 기어들어 입 안을 가득 채우는 거예요. 그래서 곧장 목젖을 향해 간다고요. 목젖이야말로 납골당의 최고 별미니까요."

그녀가 관심을 갖는 대상에 나는 두려워졌고, 그녀의 냄새와 말투에 점점 욕지기가 났다. 형용할 수 없는 열패감과 무력감 때문에 나는 할 말을 잃었다.

"내가 슬픔에 가득 차 있다고 했던가요? 번민에 찌들어 있다고 말이죠. 고통으로 인해 격분해 있다고. 과연, 지적 수준이 어린애에 불과하군요. 라이프니츠가 말한 '상징적 의식' 수준에 있는 사람처럼 전혀 의미를 모른 채 말을 하고 있으니까요. 하지만 정말 당신이 그 정도 수준이라면…."

"그게 내 수준이오."

"당신은 아무것도 몰라요."

"내가 보기에, 당신은 비비 꼬이고 짓눌려 있소. 당신의 눈동자는 너무 흐릿하군. 옅은 갈색이라고 생각했는데. 지금은 어둠 속에서 빛나는 인광처럼 푸르스름하군요."

"그렇다고 달라질 건 없어요."

"하지만 공막염에 걸린 사람의 흰자위는 누렇게 변해요. 게다가 당신은 안으로 움츠러들어 있소. 왜 그리 창백하게 자신의 안으로만 파고들고, 자신의 영혼을 고뇌로 짓누르는 거요? 무덤과 그 부패에 관한 것 외에는 그리도 할 얘기가 없소? 당신의 눈은 숱한 고통의 세월과 비밀을 간직한 채 수백 년 동안 한숨도 못 잔 사람처럼 보여요."

"고통이라고요! 하지만 당신은 고통이 뭔지 눈곱만큼도 몰라! 칭얼거리며 말장난이나 하는 주제에! 고통의 참뜻과 근원은 조금도 모르고 있어!"

"그걸 누가 알겠소?"

"내가 힌트를 드리죠. 고통이란 의식을 지닌 창조물이 영원 혹은 영원의 상실을 어렴풋이 깨닫는 것을 말해요. 그것이 아주 작은 상처일지라도, 파이안(아폴론의 다른 이름—옮긴이주)과 아스클레피오스(아폴론의 아들, 의신(醫神)—옮긴이주), 하늘과 지옥의 모든 힘을 동원해도 완전히 치유할 수는 없어요. 의식을 지닌 육체는 존재의 영원한 상실을 잠재적으로 알고 있으며, '고통'은 그 비극에 대한 탄식이지요. 모든 고통은, 그것이 클수록 상실도 크지요. 물론 가장 큰 상실은 시간의 상실이에요. 만약 시간을 조금이라도 상실한다면, 그 사람은 곧바로 초월 세계, 다시 말해 상실의 무한한 세계 한복판으로 빠져들게 되지요. 만약 시간을 모두 잃게 된다면….”

“하지만 지나친 장광설이오! 하! 하! 당신은 비탄에 빠져 진부한 얘기만 떠들어대고….”

“깨끗하고 자유로운 영혼이 시간의 상실을 어렴풋이 깨닫는 곳, 거기가 바로 지옥이에요. 그곳에서 영혼은 생의 세계를 부러워하며 몸부림치다가 이 세상을, 모든 생명을 영원히 증오하게 되지요!”

“진정해요! 한잔 합시다, 부탁이오, 부탁이니 제발 딱 한 번만….”

“덫을 향해 뛰어드는 것, 그것이 바로 비탄이에요! 배를 몰아 등대 바위를 향해 곧장 돌진하는 것, 그것이 바로 고통이에요! 깨어나서 당신이 그녀를 따라갔다는 되돌릴 수 없는 진실을—그리고 거기 죽은 이가 있음을—, 그녀의 손님들이 깊은 지옥에 빠져 있음을 깨달아야 해요. 당신은 그것을 알 수도 있었을 텐데, 몰랐던 거예요. 지금 여명에 비친 도시의 집들을 내다보세요. 영혼이 배회하지 않는 집은 단 한 군데도 없지요. 초라한 한낮의 낡은 극장을 오르내리고, 오만 가지 유치한 속임수와 그럴듯한 거짓에 상상력을 부추기며 애써 자신이 아직 살아 있다는, 삶의 기회가 아직은 끝나지 않았다는 덧없는 환상에 빠져들지요. 그러나 지나간 여름날과 영원의 어둠 사이에 스쳤던 한줌의 빛을 추억하며 갈가리 찢겨져가고 있어요. 지금 나는 찢어져라 당신에게 소리치고 있어요! 당신, 메리메, 파멸의 악마여…."

그녀—이제 키가 커진 여자—는 의자와 식탁 사이에 벌떡 일어섰다.

"메리메!" 나는 울부짖었다. "내 이름이, 갈보, 미친 네 입에서 나오다니! 세상에, 이 여자야, 놀라서 죽을 뻔했잖아!"

망상에서 비롯된 공포에 머리털이 곤두선 채, 나도 일어섰다.

"당신 이름? 내가 당신의 이름, 당신의 모든 것을 잊었을 거라 생각했나요? 메리메! 어제 당신은 코즈모의 편지에서 나를 기억해내지 않았나요?"

"아, 아…." 나의 메마른 입술에서 발작적인 흐느낌과 웃음이 터져 나왔다. "아! 하! 하! 제루샤! 기억력이 점점 말이 아니야, 제루샤! 나를 가엾이 여겨주오. 어둠의 계곡을 걷다가 이리도 늙고 시들어버렸소! 내 머리카락을 보시오, 제루샤. 반백이 무성해진 머리, 벌벌 떨며 흐릿해진 나를 보오, 제루샤. 나는 코즈모의 별장에서 당신이 알던 남자가 아니오! 그대, 제루샤여!"

"헛소리 작작해. 하찮은 구더기 같으니!" 여자는 악의적인 경멸로 얼굴을 일그러뜨리며 소리쳤다. "제루샤는 십 년 전 안티오크에서 콜레라에 걸려 죽었어. 내가 그 입술에서 거품을 닦아냈으니까. 매장하기 전부터 그녀의 코는 녹색으로 썩어들었어. 왼쪽 눈은 두개골 깊숙이 푹 꺼져서….”

“그대, 그대는 제루샤!” 나는 비명을 질렀다. “내 의식을 파고드는 천둥 같은 외침 소리가 들려. 신의 이름을 걸고, 제루샤, 그대가 설령 지옥의 숨결로 나를 시들게 한다고 해도 그대를 안고 싶소. 살아 있든, 아니면 저주받은….”

나는 여자에게 달려들었다. “미친놈!” 만 마리 뱀의 혀에서 나와 방 안을 떠도는 그 쇳소리를 나는 들었다. 해로운 부패의 기운이 악취 나는 공기 중으로 독기를 뿜었다. 그때, 휘둥그레진 내 눈에 독기가 형체를 띠고 천장까지 솟구치더니 조각 구름처럼 흩어지는 것이 보였고, 내 손은 허공을 움켜잡았다. 나는 거대한 짐승에 의해 팽개쳐지듯 벽에 부딪쳐 정신을 잃었다.

느릿느릿 해가 질 무렵, 정신을 차린 나는 얼룩진 천장과 지저분한 의자, 양철 촛대와 내가 마신 술병을 멍하니 바라보았다. 식탁보가 벗겨진 전나무 탁자는 불결하기 짝이 없었다. 모든 것이 수 년 동안 그대로 방치되어온 모습이었다. 그러나 방 안은 텅 비어 있었고, 호화로운 광경은 허공으로 사라져버렸다. 섬광처럼 기억이 떠올랐다. 나는 다급히 일어서서 일몰의 거리를 향해 소리치며 비틀거렸다.

기이하고 기묘한 이야기 두 번째

초판 1쇄 발행 2004년 12월 15일
개정 1판 1쇄 발행 2024년 7월 31일

지은이 오스카 와일드 외
옮긴이 정진영

펴낸이 김준성
펴낸곳 책세상
등 록 1975년 5월 21일 제2017-000226호
주 소 서울시 마포구 동교로23길 27, 3층 (03992)
전 화 02-704-1251
팩 스 02-719-1258
이메일 editor@chaeksesang.com
광고·제휴 문의 creator@chaeksesang.com
홈페이지 chaeksesang.com
페이스북 /chaeksesang 트위터 @chaeksesang
인스타그램 @chaeksesang 네이버포스트 bkworldpub

ISBN 979-11-7131-129-3 04800
979-11-5931-896-2 (세트)

* 《세계 호러 걸작선 2》의 개정판입니다.
* 잘못되거나 파손된 책은 구입하신 서점에서 교환해드립니다.
* 책값은 뒤표지에 있습니다.

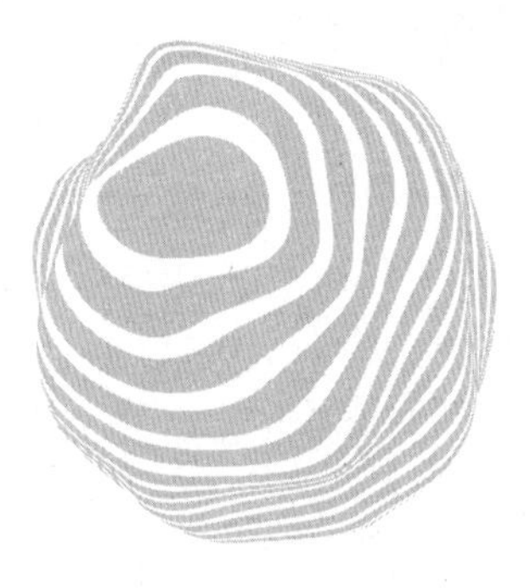